AVENTURES
DU CAPITAINE CORCORAN

Tome 2

Alfred Assollant est né à Aubusson, dans la Creuse, en 1827. Élève brillant, il est promis à l'enseignement, mais, opposé au régime autoritaire du Second Empire, il doit abandonner son métier de professeur et devient journaliste. Il écrit de nombreux romans où l'aventure et la fantaisie se mêlent à l'histoire, fût-elle, comme c'est le cas avec ces *Aventures merveilleuses mais authentiques du capitaine Corcoran* (1867), d'une actualité alors brûlante. Alfred Assollant meurt à Paris en 1886.

ISBN 2-203-13552-2

ALFRED ASSOLLANT

AVENTURES DU CAPITAINE CORCORAN

Tome 2

Couverture de Philippe Munch
Illustrations d'Alphonse de Neuville

casterman

Certains des propos que l'on pourra lire dans ce roman seraient inadmissibles aujourd'hui. N'oublions pas de les replacer dans le contexte de l'époque.

I

Comment fut découvert le fameux Gouroukaramtâ

Six mois après les combats dont on a vu le récit dans la première partie de cette véridique histoire, le capitaine Corcoran, devenu maharaja du pays des Mahrattes, jouissait en paix du fruit de sa sagesse et de ses victoires. Au reste, rien ne fera mieux juger de son bonheur que la lettre suivante, qu'il écrivit vers ce temps-là à M. le secrétaire perpétuel de l'Académie des sciences (de Lyon), pour lui rendre compte des courses qu'il avait faites dans les montagnes de Ghâtes et dans les vallées de la Nerbuddah et du Godavéry, à la recherche du fameux Gouroukaramtâ.

Le Maharaja Corcoran Ier à M. le Président de l'Académie des sciences (de Lyon)

Bhagavapour, le 11 octobre 1858

L'an deuxième de notre règne et le quatre cent trente-trois mil sept cent dix-neuvième de la huitième incarnation de Vichnou.

Monsieur,

Je prie l'illustre Académie d'excuser le retard que j'ai mis à lui communiquer le résultat des recherches qu'elle a bien voulu me confier. Le Gouroukaramtâ est enfin retrouvé, j'ai le plaisir de vous envoyer aujourd'hui une copie exacte de ce fameux manuscrit dont l'existence, au dire des plus savants brahmines, remonte à vingt-cinq mille ans avant l'ère chrétienne. Pour moi, sans vouloir imposer au public mon propre sentiment, j'ai de fortes raisons de croire qu'il est antérieur de huit cents ans au Déluge et qu'il fut déposé par Noé, dans son tiroir, au moment où le saint patriarche emballait à la hâte, dans l'Arche, ses habits, sa femme, ses fils, ses filles et un couple de tous les animaux qui vivaient en ce temps-là sur la terre.

Diverses circonstances ont retardé de quelques mois la découverte et l'envoi du Gouroukaramtâ ; une, entre autres, qui peut-être ne vous paraîtra pas indigne d'intérêt, car elle me permet de servir désormais plus puissamment les intérêts de la science.

Il a plu à l'Éternel de faire de moi un pasteur des peuples. A coup sûr, rien n'était plus loin de moi que la pensée de gouverner qui que ce soit, excepté mon équipage et mon brick ; mais Dieu ne m'a laissé de choix qu'entre ces deux extrémités : régner sur les Mahrattes ou me faire fusiller par les Anglais. L'Académie comprendra que je ne pouvais pas hésiter, et j'ai la confiance qu'elle approuvera ma conduite.

De mon côté, je mets à son service quinze mille fantassins, douze mille cavaliers, douze cents canons et un budget qui montait à quatre cents millions de francs sous mon prédécesseur, et que j'ai réduit à cent vingt millions. Malgré cette réduction, je fais des économies sur mon budget, comme M. Gladstone sur le sien.

L'Académie, j'ose l'espérer, sera bien aise d'apprendre que mon amie Louison, dont l'intelligence, le courage, les dents et les griffes m'ont tiré plus d'une fois du péril, vit aujourd'hui bien portante et gaie dans mon palais. Vous lirez dans le *Moniteur de Bhagavapour* — dont j'ai l'honneur de vous adresser la collection — l'histoire de ses exploits héroïques et de l'intrépidité sans égale qu'elle montra le jour du dernier assaut. M. Horatius Coclès n'a rien fait de plus beau lorsqu'il arrêta les Étrusques à l'entrée du pont du Tibre.

Je serais heureux, monsieur le Président, si vous vouliez bien accepter les insignes de l'ordre de la Tigresse, que j'ai institué pour perpétuer la mémoire de Louison. Ces insignes sont une croix enrichie de diamants et un ruban bleu, que je vous envoie sous ce pli. Les diamants n'ont pas grande valeur — sept cent mille francs tout au plus — mais je sais, monsieur, que vous attachez plus de prix à cette marque de l'estime de ma chère Louison qu'à des pierreries.

Un philosophe tel que vous ne doit pas être traité comme un prince ou un banquier.

Le second du brick le *Fils-de-la-Tempête*, que j'ai fait amiral de la flotte mahratte, est chargé de vous raconter de vive voix toutes nos aventures. Ce n'est pas un savant homme et je ne crois pas qu'il connaisse grand-chose en dehors de la lecture, de l'écriture, du sextant et de la boussole ; mais pour la manœuvre il n'a pas son pareil, et si quelqu'un des membres de l'Académie voulait me faire l'honneur de visiter mes États, Kaï Kermadeuc a ordre de le prendre à son bord et de le traiter comme moi-même.

Veuillez agréer, monsieur le Président, et communiquer à messieurs les académiciens l'expression de la respectueuse admiration de votre tout dévoué,

Corcoran Ier,
Empereur de la Confédération mahratte.

P. - S. : Louison, à qui je viens de lire ces quelques lignes, me charge de la rappeler à votre souvenir.

Cette lettre fut remise au président de l'Académie pendant la séance, et il se hâta d'en donner connaissance au public et de faire appeler Kaï Kermadeuc, le commandant du *Fils-de-la-Tempête*.

Celui-ci s'avança en se dandinant sur ses jambes, comme un pommier agité par le vent.

C'était un vieux marin, basané, goudronné, qui avait doublé trois fois le cap Horn et neuf fois le cap de Bonne-Espérance et qui avait horreur de la terre autant que les chats ont horreur de l'eau froide.

Comme il roulait son chapeau dans ses doigts de l'air embarrassé d'un écolier qui sait mal sa leçon, le président crut devoir venir à son secours.

« Rassurez-vous, mon brave homme, dit-il avec bonté, et expliquez-nous, s'il vous plaît, les commissions dont Sa Majesté le maharaja des Mahrattes vous a chargé pour l'Académie.

— Pour lors, dit Kermadeuc d'une voix tonnante qui fit trembler les vitres, pour lors voici la question. Mon capitaine, qui est l'empereur dont vous parlez, étant parti sur son brick le *Fils-de-la-Tempête*, qui file dix-huit nœuds à l'heure par un temps calme, arriva, cinq semaines après, dans le pays du seigneur Holkar, un particulier fort âgé et plein de roupies, qui avait querelle avec les Anglais pour la raison de ce qu'il refusait de leur donner sa fille et ses roupies. Pour lors, le capitaine Corcoran regarde la fille, qui était belle comme une Sainte Vierge, et dit : “Je suis français !” Pour lors, il prend sa cravache et tape sur les Anglais pendant que Louison — sa tigresse, messieurs, sauf votre respect — leur tordait le cou comme à des canards. Voyant cela, l'homme âgé meurt, laissant sa fille, son royaume, ses roupies et ses moricauds au capitaine qui, du coup, devient empereur. N'est-ce pas ce qu'il pouvait faire de mieux ? »

Tous les assistants convinrent que Corcoran avait, en effet, pris le meilleur parti, et le secrétaire perpétuel, qui était

curieux, demanda de quelle manière avait été conquis le fameux Gouroukaramtâ.

« Pour lors, répliqua Kermadeuc, c'est bien simple. Quand le capitaine fut devenu majesté, et riche, et marié à son goût, il commença à s'ennuyer. Je lui dis : "Capitaine, vous n'êtes pas heureux. Est-ce que ce serait la faute à Mme Sita ?" Vous savez, Messieurs, le mariage ne réussit pas à tout le monde, et moi qui vous parle, quand Mme Kermadeuc n'est pas contente, j'ouvre la porte et je file vivement, oh ! mais vivement, et sans chercher mon chapeau. Mais il paraît que je m'étais trompé, car il me répondit : "Kermadeuc, mon vieux camarade, Sita est une femme qui n'a pas sa pareille au monde, ni dans la lune, ni dans le pays du Turc et du Moscovite… — C'est égal, capitaine, vous aviez tout à l'heure figure vent debout ; je m'y connais, ça n'est pas naturel." Il me tourna le dos sans rien dire, preuve que j'avais touché juste. Mais dix jours plus tard tout était changé. Il me fit venir un matin. "On vient de m'avertir que le Gouroukaramtâ est caché dans le temple de Pandara. Veux-tu remonter la rivière avec moi ? — Quand vous voudrez, mon capitaine. Et, sans vous commander, aurons-nous beaucoup de passagers sur mon brick ? — Deux seulement, Louison, que tu connais, et moi." C'est dit. Nous partons le soir même, et nous remontons le long des monts Vindhyâ. A droite et à gauche de la rivière on ne voyait plus que de noires forêts. De temps en temps on entendait le rugissement des tigres, le pas lourd des éléphants ou le sifflement du *cobra capello*. Pour vous consoler, le soleil vous rôtit pendant le jour et les moustiques vous mordent pendant la nuit. Le matin, j'avais les lèvres enflées comme des boudins et mon nez ressemblait à une vitelotte. Enfin, suffit ; nous arrivons dans un village où l'on ne voyait que des fakirs. Le fakir, messieurs, vous savez ce que c'est : un particulier qui a fait vœu de ne se laver et de ne se brosser jamais.

« Pour lors, tous ces fakirs étaient accroupis autour de leur temple lorsque nous arrivâmes. Pas un d'eux ne leva la tête et ne dit un mot de politesse. Voyant ça, le capitaine siffla Louison, qui sauta légèrement à terre, comme une jolie fille qui va au bal. Au premier bond de la tigresse, qui pourtant ne fit de mal à personne, tous les endormis se réveillèrent et furent debout en un clin d'œil, où je vis bien qu'aucun d'eux n'était paralytique, car ils se sauvèrent tous ensemble dans le temple en criant : "Voici *Baber Sahib* ! Voici le seigneur Tigre !" — et en implorant Siva.

« Louison allait les suivre, mais le capitaine la retint, pour ne pas les effrayer davantage, et alla droit au plus fakir de la bande, c'est-à-dire au plus sale et au plus déguenillé. C'était un vieux à barbe blanche, qui paraissait très respecté de tous les autres. Pour lors, le capitaine se met à lui parler dans son patois, qui est, à ce qu'on m'a dit depuis, une très belle langue et faite pour les savants. Ce qu'ils se dirent, je ne l'ai pas entendu ; mais j'ai vu les gestes. Le capitaine insistait toujours pour avoir son Gouroukaramtâ ; l'autre refusait toujours. Tout à coup voilà Louison qui s'impatiente, se dresse debout sur ses pattes de derrière et appuie ses pattes de devant sur les épaules de Corcoran ; histoire de se faire caresser, la câline. Voyant ça, le fakir tombe à genoux, s'écrie que la volonté de Dieu se déclare, que le capitaine est la dixième incarnation de Vichnou, qu'il est prédit dans ses livres que Vichnou doit venir sur la terre avec un tigre apprivoisé ; puis il va chercher son manuscrit et le met dans les mains du capitaine, qui le regardait sans sourciller et sans paraître étonné, comme s'il eût fait le Vichnou toute sa vie. »

Ce récit naïf eut le plus grand succès, le président félicita Kermadeuc de la part qu'il avait prise à cette glorieuse expédition et trois jours après, on lisait le récit de la séance dans tous les grands journaux de Paris.

En revanche, les journaux anglais déclarèrent unanimement que ce Corcoran était un misérable aventurier, bandit de profession, qu'il avait dérobé le précieux manuscrit du Gouroukaramtâ à un voyageur anglais dans les montagnes des Ghâtes et qu'il avait fait alliance avec Nana Sahib pour assassiner tous les Anglais de l'Inde.

Les journaux allemands se partagèrent entre deux camps. Les uns assurèrent que la découverte du Gouroukaramtâ n'était pas nouvelle, à les entendre, ce livre était depuis longtemps publié ; le docteur Cornélius Gunker, de Berlin, l'avait eu dans les mains ; le docteur Hauffert, de Göttingen, en préparait depuis longtemps une traduction ; le professeur Spellart, d'Iéna, écrivait un commentaire sur son origine probable. L'autre camp déclara nettement que le manuscrit était faux, que la copie envoyée par Corcoran était l'œuvre de son imagination ; qu'il n'avait lui-même jamais vu ni le Gouroukaramtâ, ni l'Inde ; que les philologues français étaient faits tout au plus pour nouer et dénouer les cordons des souliers des philologues allemands ; que cette nation vaniteuse et légère qui habite entre le Rhin, les Alpes, la Méditerranée, les Pyrénées et l'océan Atlantique était incapable de rien écrire ou dire qui fût utile et bon ; qu'elle ne saurait jamais que danser et faire l'exercice à feu ; que si par hasard quelqu'un de ses citoyens avait un peu plus de sens et de jugement que les autres, il le devait à son origine germanique, étant nécessairement né en Lorraine ou en Alsace ; qu'il fallait, par conséquent, reprendre ces deux provinces allemandes, frauduleusement détachées de la grande patrie d'Arminius et qu'enfin le sabre allemand, la pensée allemande, la critique allemande, la sagesse allemande et la choucroute allemande — bien entourée de saucisses — étaient au-dessus de tout.

A quoi un journal français très connu répliqua en prenant à témoin les immortels principes de 1789 et un autre en profita pour réclamer la liberté des mers et la « neutralisation des détroits », ce qui acheva d'éclaircir la question

si vivement controversée de l'origine du Gouroukaramtâ. Pendant ce temps, Corcoran vivait heureux à Bhagavapour et gouvernait paisiblement ses peuples ; mais un événement imprévu troubla sa vie et, comme on le verra dans le prochain chapitre, altéra la tendre amitié qui l'unissait à Louison.

II

Première escapade de Louison

Un matin, Corcoran était assis dans le parc à l'ombre des palmiers. C'est là qu'il tenait son conseil et qu'il rendait la justice aux Mahrattes, comme Saint Louis à Vincennes ou Déjocès le Mède en son palais d'Ecbatane. Près de lui, la belle Sita lisait et commentait les divins préceptes du Gouroukaramtâ.

Tout à coup Sougriva parut. On n'a pas oublié sans doute que Sougriva était ce courageux brahmine qui avait aidé si puissamment Corcoran à vaincre les Anglais. En récompense, il était devenu son Premier ministre.

Sougriva se prosterna devant son maître et devant Sita en élevant ses mains en forme de coupe vers le ciel ; puis, avec la permission de Corcoran, il s'assit sur un tapis de Perse, attendant qu'on le questionnât.

« Eh bien, quelles nouvelles ? demanda Corcoran.

— Seigneur, répondit Sougriva, l'empire est tranquille. Voici les journaux anglais de Bombay, ils disent de vous tout le mal possible.

— Bons Anglais ! Ils veulent me faire une réputation. Voyons le *Bombay Times*. »

Il déplia le journal et lut ce qui suit :

> Maintenant que la révolte des cipayes touche à sa fin, il serait peut-être temps de rétablir l'ordre dans le pays

des Mahrattes et d'infliger à cet aventurier français le châtiment qu'il mérite.

On nous apprend que ce vil chef de brigands, soutenu par une bande d'assassins de toutes les nations, l'écume de la terre habitable, commence à s'établir solidement à Bhagavapour et aux environs. Non content d'avoir, par un crime atroce, ôté son royaume et la vie au vieil Holkar, il a, dit-on, eu l'effronterie d'épouser sa fille Sita, la dernière descendante des plus anciens rois de l'Inde, et cette malheureuse femme, qui tremble de subir un jour le funeste sort de son père, est forcée de partager le trône avec le meurtrier d'Holkar.

« Bravo ! très bien ! s'écria Corcoran. Cet Anglais débute d'une façon admirable. Ah ! ah ! il paraît qu'en effet ils se croient déjà les plus forts, puisqu'ils commencent à m'insulter… Voyons la suite. »

… Ce n'est pas tout. Ce misérable, qui s'est échappé, dit-on, du pénitencier de Cayenne, où il était enfermé avec quelques milliers de ses pareils, a mis tout le pays des Mahrattes en coupe réglée. Suivi d'une armée nombreuse, il parcourt, pille et rançonne, l'une après l'autre, toutes les provinces du royaume d'Holkar, mettant à feu et à sang tout ce qui ose résister…

Corcoran jeta le journal.

« Voilà, dit-il, comme on écrit l'Histoire. C'est par ces mensonges que lord Braddock, le gouverneur de l'Inde, se prépare à m'attaquer.

— Seigneur, dit Sougriva, que comptez-vous faire ?

— Moi ! rien du tout. Si lord Braddock était homme à mettre habit bas et à s'aligner avec moi sur le terrain, l'épée à la main, je lui couperais la gorge comme il faut ; mais ce gros milord ne voudra jamais risquer sa peau de seigneur… Il faut le payer de même monnaie. C'est mon *Moniteur de Bhagavapour* qui sera chargé de répliquer.

— Cher seigneur, interrompit Sita, voudriez-vous descendre à vous justifier ?

— Qui ? moi ! Que Vichnou m'en préserve ! Est-ce qu'on se justifie lorsqu'on est accusé d'avoir tué père et mère ? Mon *Moniteur* dira que Barclay est un âne que j'ai étrillé durement, que le gouverneur de Bombay est un drôle et un va-nu-pieds, que lord Braddock est un bandit qu'on devrait empaler et que tous trois tremblent devant moi comme le chevreuil devant le tigre. Qu'il orne ces belles choses de son style indien et qu'il y ajoute tout ce que son imagination lui offrira de plus mortifiant pour ces trois grands personnages. Puisque la presse est libre dans mes États, c'est bien le moins qu'elle me serve à quelque chose contre mes ennemis.

— A ce propos, seigneur, reprit Sougriva, les journaux de Bhagavapour, profitant de la liberté que vous leur laissez, crient tous les jours contre vous.

— Ah ! ah ! Et que disent-ils ?

— Que vous êtes un aventurier, capable de tous les crimes, que vous opprimez le peuple mahratte, et qu'il faut vous jeter par terre.

— Laisse-les dire. Puisque je suis leur maître, il faut bien qu'ils médisent de moi.

— Mais, seigneur, si l'on se révolte ?

— Et pourquoi se révolteraient-ils ? Où trouveraient-ils un meilleur maître ?

— Mais enfin, seigneur, insista Sougriva, s'ils prennent les armes ?

— S'ils prennent les armes, ils violent la loi. S'ils violent la loi, je les ferai fusiller.

— Quoi ! ne ferez-vous aucune grâce ? demanda Sita.

— Aucune pour les chefs. Quand un homme libre viole

la loi qui assure sa liberté et celle d'autrui, il est sans excuse, et mérite qu'on en finisse avec lui par la corde, la mitraille ou l'exil. »

Tout à coup Corcoran interrompit la conversation et, se tournant vers Louison, qui était nonchalamment couchée sur le tapis à côté de Sita :

« Qu'en penses-tu, ma chérie ? » dit-il.

Louison ne répondit pas. Elle ne parut même pas avoir entendu la question. Son regard, d'ordinaire si fin, si intelligent et si gai, errait dans le vide et paraissait distrait.

« Louison est malade », dit Sita.

Corcoran frappa sur un gong. Aussitôt Ali s'avança. C'était, on s'en souvient, le plus brave et le plus fidèle des serviteurs d'Holkar, et c'est à lui qu'était confiée la garde de Louison.

« Ali, demanda Corcoran, est-ce que Louison a perdu l'appétit ?

— Non, seigneur.

— Quelqu'un l'a-t-il maltraitée ?

— Seigneur, personne n'oserait.

— D'où vient donc sa distraction ? »

Ali répondit :

« Seigneur, elle sort depuis trois jours du palais dès que le soleil se couche et elle va errer toute seule dans le parc au clair de la lune.

— Et à quelle heure rentre-t-elle ?

— Quand le soleil se lève. Le premier soir, je voulais tenir les portes fermées, mais elle a commencé à rugir si fortement que j'ai eu peur qu'elle ne voulût me dévorer et, par Siva ! je ne suis pas encore las de vivre.

— Au clair de la lune ! dit Corcoran, tout pensif.

— Seigneur, reprit Ali, elle n'est pas tout à fait seule.

— Ah ! Ah ! Est-ce que tu vas lui tenir compagnie ?

— Moi ! seigneur, je m'en garderais bien. J'ai voulu la suivre hier au soir ; mais elle n'aime pas qu'on la surveille.

« Elle s'est retournée si brusquement vers moi que j'ai couru jusqu'au palais sans m'arrêter.

— Mais enfin, comment sais-tu qu'elle n'était pas seule ?

— A peine rentré dans le palais, je montai sur le toit en terrasse et, grâce au clair de lune, j'aperçus la tigresse qui était étendue sur le mur du parc et qui avait l'air d'écouter un discours... Tout à coup, celui que je ne voyais pas prit son élan et sauta sur le mur. Je vis sa tête et ses griffes, car c'était un grand et fort tigre d'une beauté admirable ; mais Louison fut sans doute mécontente, car d'un coup de griffe elle le repoussa et le fit dégringoler dans le fossé. Il ne se tint pas pour battu et continua son discours ; mais n'osa pas renouveler l'assaut, car le mur a plus de trente pieds de haut et il avait dû se fouler au moins une patte. Enfin, il se retira en rugissant.

— Ma foi, dit Corcoran, il faudra que je voie cela. »

III

Grande bataille

Dès le soir même, vers six heures, Corcoran se mit à l'affût dans le parc. Par précaution et de peur d'avoir à lutter contre le compagnon de Louison il prit un revolver.

Il avait tort. Il ne faut jamais se mêler, sans nécessité, des affaires de son prochain, et même de ses plus intimes amis ; au reste, Corcoran fut sévèrement puni de sa curiosité, ainsi qu'on le verra bientôt.

Vers six heures un quart, assis sur le mur, à quelques pas de l'endroit désigné, il entendit un grand bruit de feuilles froissées. C'était l'étranger qui se rendait à son poste, dans le fossé, au pied du mur, et qui annonça tout d'abord sa présence par un rugissement voilé, comme s'il eût voulu — et c'était, en effet, son intention — n'être entendu que de Louison. Celle-ci ne se fit pas attendre. Elle s'élança d'un bond sur le mur, jeta un regard distrait dans le fossé et, sans s'émouvoir de la présence de Corcoran, qu'elle voyait très bien, écouta le discours du grand tigre.

Il a été longtemps à la mode de croire que les animaux n'avaient qu'un vague instinct et qu'ils ne raisonnaient ni ne sentaient. Descartes l'a dit ! Malebranche l'a confirmé ; tous deux se sont appuyés sur le témoignage de plusieurs illustres philosophes : ce qui prouve que les savants n'ont pas le sens commun.

Que Malebranche m'explique, si c'est possible, pourquoi

le tigre venait régulièrement tous les soirs faire visite à Louison, et quel scrupule de délicatesse empêchait celle-ci de le suivre au fond des bois et de reprendre sa liberté. C'était — qui pourrait en douter ? — l'amitié de Corcoran qui la retenait à Bhagavapour. Ils se connaissaient et s'aimaient depuis si longtemps que rien ne semblait plus pouvoir les séparer.

Ils se séparèrent pourtant.

La conversation du grand tigre et de Louison devait être intéressante, car elle était fort animée. Corcoran, qui prêtait l'oreille et qui entendait la langue des tigres aussi bien que le japonais et le mandchou, la traduisit à peu près ainsi :

« Ô ma chère sœur aux yeux fauves qui brillent dans la nuit sombre comme les étoiles du ciel, disait le tigre, viens à moi et quitte cet odieux séjour. Laisse là ces lambris dorés et ce palais magnifique. Souviens-toi de Java, cette belle et chère patrie où nous avons passé ensemble notre première enfance. C'est de là que je suis venu en nageant d'île en île jusqu'à Singapour, et redemandant ma sœur à tous les tigres de l'Asie. J'ai parcouru depuis trois ans Java, Sumatra, Bornéo. J'ai fouillé toute la presqu'île de Malacca, j'ai interrogé tous ceux du royaume de Siam, dont le pelage est si soyeux et si lustré, tous ceux d'Ava et de Rangoun, dont la voix retentit comme un éclat de tonnerre, tous ceux de la vallée du Gange, qui règnent sur le plus beau pays de la terre. Enfin je te retrouve ! Viens au bord du fleuve limpide, au milieu des vertes forêts. Mon palais, à moi, c'est la vallée immense, c'est la montagne qui se perd dans les nuages, le Gaurisankar, dont nul pied humain n'a foulé les neiges éternelles. Le monde entier est à nous, comme il est à toutes les créatures qui veulent vivre librement sous les regards du Dieu. Nous chasserons ensemble le daim et la gazelle, nous étranglerons le lion orgueilleux et nous braverons le lourd éléphant, ce misérable esclave de l'homme. Notre tapis sera l'herbe fraîche et parfumée de la vallée, notre toit sera la voûte céleste. Viens avec moi. »

En même temps une mélodie étrange, qui avait l'apparence d'un rugissement sauvage, roulait dans son gosier en cascades sonores.

Louison ne se laissa pas émouvoir. D'un coup d'œil expressif elle lui montra Corcoran, ce qui, dans la langue des tigres, signifiait assez clairement :

« Mon cher frère à la robe tachetée, j'écoute avec plaisir tes discours, mais il y a des témoins. »

Les yeux du tigre se tournèrent aussitôt vers le Malouin et exprimèrent la plus terrible férocité, ce qui signifiait évidemment :

« N'est-ce que cet importun qui te gêne ? Sois tranquille, je vais t'en débarrasser sur-le-champ. »

Déjà il se ramassait pour prendre son élan et sauter sur le mur. De son côté, Corcoran s'apprêtait à le recevoir avec son revolver…

Au moment même où le grand tigre s'élançait, un autre tigre, que personne n'avait vu ni entendu jusque-là, bondit sur lui, le saisit à la gorge et le fit rouler sur l'herbe. Le premier se releva aussitôt et, d'un coup de sa griffe puissante, entama les entrailles de son ennemi en poussant un rugissement de fureur. Le combat fut quelques instants douteux. Le frère de Louison, quoique surpris, se défendait vaillamment. Leurs forces étaient à peu près égales et une haine pareille les animait l'un contre l'autre.

Louison les regardait tranquillement, quoiqu'elle ne fût pas indifférente à la querelle ; mais elle avait trop l'orgueil de sa race et de sa famille pour craindre que son frère pût être vaincu et qu'un tigre du Bengale l'emportât sur un tigre de Java.

Cependant la victoire parut se décider contre le frère de Louison. Il roula sur le gazon et poussa un cri de détresse.

A ce cri, les yeux de Louison étincelèrent de mépris. Elle poussa un sourd rugissement qui semblait dire :

« Malheureux ! tu fais honte à ta race. »

Ce rugissement rendit la force et le courage au malheureux tigre. Il regarda une dernière fois Louison, donna un coup de dents désespéré à son adversaire et s'élança, en grimpant avec la rapidité de l'éclair, sur un chêne voisin, dans les branches duquel il parut chercher un asile.

L'autre, se croyant maître du champ de bataille, entonna, d'une voix qui ressemblait à un tonnerre lointain, son chant de triomphe.

Mais ce chant fut aussi court que sa victoire. Le vaincu, se glissant d'arbre en arbre jusqu'à un sycomore dont les branches pendaient à peu de distance du vainqueur, bondit tout à coup sur lui et, d'un effort désespéré, le saisit à la gorge et l'étrangla net.

Cette fois, la bataille était terminée, et le grand tigre parut attendre les félicitations de Louison. Celle-ci, charmée du courage de son frère, se décida enfin à sauter à bas du mur et disparut dans les ténèbres.

Corcoran eut d'abord envie de la suivre, mais il réfléchit que la nuit était obscure et pleine de pièges et qu'il valait mieux attendre le lever du jour. Il rentra donc, très affligé de la perte de Louison, et s'endormit bientôt, mais d'un sommeil agité.

Le matin, au moment où il sortait du palais, décidé à lui donner la chasse, il la vit revenir d'un air aussi gai et d'un cœur aussi content que si elle n'avait rien eu à se reprocher.

A cette vue, le Malouin ne fut pas maître de sa colère, et il alla chercher *Sifflante*, sa fameuse cravache.

Louison demeura stupéfaite. Elle était allée se promener ; quoi de plus naturel ? N'était-elle pas née dans les bois, au bord des grands fleuves ? Avait-elle perdu le droit imprescriptible, antérieur et supérieur, d'aller et de venir ? Elle avait suivi Corcoran comme un ami ; devait-elle le considérer désormais comme un maître ?

Voilà ce que disaient les yeux de la tigresse ; mais le Malouin ne réfléchissait pas que lui-même, en épousant Sita et en la préférant à tout, avait fait quelque chose de semblable et manqué aux devoirs de l'amitié ; il ne songeait, comme c'est l'usage de tous les hommes, qu'aux torts de son amie, et il leva *Sifflante* sur les épaules de Louison.

Ce geste la remplit d'indignation. Quoi ! c'est ainsi qu'il la traitait ? Le cœur de Louison se gonfla, ses yeux se remplirent de larmes ; elle se rejeta en arrière par un bond si brusque qu'il fut impossible à Corcoran de la retenir.

Il sentit alors sa faute et voulut la réparer. Il jeta au loin la cravache et voulut prendre la tigresse par la douceur ; il lui fit les appels les plus touchants et protesta que jamais il ne lui infligerait l'odieux châtiment dont elle avait été menacée un instant.

Elle s'approcha, se laissa caresser, écouta en silence les discours de Corcoran, alla baiser la main de Sita et parut avoir tout oublié ; mais il vit bien que quelque chose s'était rompu entre eux et que la première fleur de leur amitié réciproque était flétrie et desséchée. Il résolut donc de la surveiller plus que jamais et de ne plus la laisser sortir sans lui.

Vers cinq heures du soir, au moment où Louison se préparait à recommencer sa promenade, Corcoran l'enferma dans la grande salle du palais d'Holkar, située au premier étage et qui dominait le parc d'une hauteur de trente pieds.

Pour plus de sûreté, il mit le gros éléphant Scindiah en embuscade sous les fenêtres. La jalousie qui animait Scindiah contre Louison — tous deux se disputaient les bonnes grâces de Sita — répondait à Corcoran de sa fidélité.

Rien ne saurait peindre l'indignation de Louison quand elle se vit enfermée et traitée en prisonnière de guerre. Elle rugissait si terriblement que le palais en trembla sur sa base et que les habitants de Bhagavapour se cachèrent dans leurs caves. Corcoran l'entendit et en eut pitié. Sita même implora la grâce de Louison, et ses principaux serviteurs, qui craignaient d'être mis en pièces par la redoutable tigresse, se jetèrent aux pieds du maître pour demander sa liberté.

« Maharaja, dit Ali, seigneur du Bundelkund et de Goualior, cousin germain du soleil et de la lune, neveu des étoiles, favori du tout-puissant Indra qui éclaire les mondes, daigne ordonner que Louison soit relâchée, ou nous sommes perdus. »

Mais Corcoran était de ces hommes qui ne reviennent jamais sur leurs résolutions. Sa tête avait la solidité du fer et sa volonté l'inflexibilité du granit. Il refusa donc absolument de rendre la liberté à Louison.

Celle-ci, cependant, ne perdait pas courage. Voyant que personne ne viendrait la délivrer, elle bondit tout à coup d'un élan furieux, enfonça l'une des fenêtres de la salle et, toute sanglante, allait prendre la fuite.

Mais un grave accident la retint. Trop pressée de sauter par la fenêtre pour mesurer son élan, elle était tombée, non pas sur le gazon, mais sur le dos de l'éléphant Scindiah, qui était justement chargé d'empêcher toute escapade. Il ne pouvait rien arriver de plus malheureux à la pauvre Louison.

Outre que Scindiah ne l'aimait pas, elle tomba si malencontreusement, elle si adroite en toutes choses, qu'elle se sentit glisser du dos de l'éléphant jusqu'à terre, et par instinct, de peur de se casser le nez, enfonça ses griffes acérées dans les épaules de Scindiah. Par ce moyen elle se retint en équilibre, et un autre saut l'aurait mise à terre ; mais Scindiah la guettait.

Au moment où elle allait s'élancer, l'éléphant la saisit délicatement par le cou avec sa trompe, l'enleva comme une plume, la balança trois fois dans les airs, comme un habile frondeur brandit sa fronde, et la rejeta dans la grande salle du palais.

Corcoran, qui observait cette scène en silence, ne put s'empêcher de rire du tour et de l'adresse de Scindiah. Mais ce rire redoubla la rage de Louison. A peine retombée sur ses pattes, elle reprit son élan, essayant cette fois d'éviter la dangereuse trompe de Scindiah.

Inutile effort ! Scindiah l'attrapa au passage, comme une hirondelle attrape les mouches au vol, la posa délicatement à terre sans la lâcher ni lui faire aucun mal, la souleva lentement pour la regarder, comme s'il avait eu son lorgnon et tout d'un coup, quoiqu'elle se débattît avec une fureur indescriptible, la rejeta de nouveau dans la grande salle du palais.

Le jeu devenait dangereux et commençait à passer la plaisanterie. Corcoran le sentit et il allait intervenir pour empêcher un combat où Louison, malgré tout son esprit et son courage, n'avait pas le beau rôle, lorsque l'affaire changea subitement de face par l'arrivée d'un nouveau combattant.

Le grand tigre de la veille était arrivé au rendez-vous une demi-heure plus tôt qu'à l'ordinaire. Il entendit tout à coup les rugissements de Louison et les grondements moqueurs de Scindiah. Inquiet, il s'élança d'un bond sur le mur du parc, vit de loin ce qui se passait et s'avança en rampant vers le gros éléphant qui, tout occupé de son jeu, ne s'attendait pas à livrer un nouveau combat.

Mal lui en prit, car Louison, qui de la fenêtre guettait l'arrivée du tigre, ne l'eut pas plutôt aperçu qu'elle se prépara de nouveau à le rejoindre.

Elle lui donna du regard le signal de l'attaque et, tandis que Scindiah, suivant la tactique ordinaire, avançait sa trompe pour l'attraper au passage, il sentit tout à coup une douleur aiguë. Le tigre, profitant de ce que Scindiah avait le dos tourné, s'était élancé sur lui sans être vu et il lui déchirait la queue avec ses griffes. Scindiah se retourna et voulut saisir son ennemi avec sa trompe ; mais Louison, plus prompte que la pensée, profitant de l'occasion, sauta légèrement sur son dos, de là à terre et prit la fuite. Le grand tigre, content d'avoir fait diversion et délivré sa sœur, ne se soucia plus de la queue de l'éléphant et, ne pensant plus qu'à éviter sa trompe, s'empressa d'imiter l'exemple de Louison.

Déjà tous deux avaient gagné le mur du parc et allaient sauter de l'autre côté quand Scindiah, honteux d'avoir été trompé, et trop lourd pour rattraper les fugitifs, saisit avec sa trompe une grosse pierre et la lança sur le tigre avec une telle roideur que s'il l'avait atteint dans le flanc il l'aurait écrasé comme un raisin. Heureusement, il manqua son coup. La pierre ne toucha qu'à peine le tigre à la naissance de la queue et le culbuta dans le fossé sans lui faire d'autre mal. Quant à Louison, dès qu'elle eut vu Scindiah ramasser la pierre, elle devina son dessein et bondit de l'autre côté du mur avec une agilité extraordinaire. Là, se voyant en sûreté, elle releva, plaignit et consola son compagnon, qui léchait tristement sa blessure, et partit avec lui, bien résolue à ne plus revoir jamais ni le palais, ni Corcoran, ni même la belle Sita, qui la comblait tous les jours de caresses et de sucreries.

Mais qu'on se rassure. Ce n'est pas ainsi que devait finir l'amitié de Louison et de Corcoran. Le destin devait les rapprocher bientôt dans les plus graves circonstances.

Ce même destin combla quelques mois plus tard les vœux de Corcoran et de Sita. Dieu leur donna un fils aussi beau que sa mère et qui fut appelé Rama, du nom de l'illustre chef de la dynastie des Raghouides, dont Sita était la dernière descendante. La joie des Mahrattes fut au comble ; ils voyaient renaître en lui cette race glorieuse. Pendant trois jours toute la nation célébra par des banquets splendides cet heureux événement. Corcoran, toujours économe pour lui-même, mais généreux pour son peuple, fit seul les frais de ces fêtes et de ces réjouissances publiques. Pour la première fois depuis que le monde est monde, on vit un prince qui donnait de l'argent à ses sujets au lieu de leur en demander. Ce fait même est si merveilleux qu'il pourrait faire mettre en doute l'authenticité de l'histoire du capitaine Corcoran et la véracité de l'historien si quinze millions de Mahrattes, témoins oculaires, ne vivaient pour attester la générosité du maharaja et si l'on ne trouvait la description du banquet dans une correspondance du *Bombay Times* du 21 octobre 1858. Le correspondant termine son récit par les réflexions qui suivent, et qui montrent bien toute l'inquiétude que des maximes de gouvernement si nouvelles causaient aux journaux anglais de l'Inde :

> On ne peut nier que le maharaja actuel, malgré son origine étrangère, ne soit devenu très populaire parmi les Mahrattes. Il a diminué l'impôt des cinq dixièmes ; il a supprimé les levées d'hommes que faisaient ses prédécesseurs ; son armée, qui est peu nombreuse et composée seulement de volontaires, manœuvre avec un ensemble et une précision admirables ; il a fait venir de France et payé comptant cent mille carabines rayées, pourvues de sabres-baïonnettes et semblables à celles des tirailleurs de Vincennes, son artillerie sans être excellente, est très légère et très supérieure à celle que nous pouvons lui opposer dans l'Inde, où, par la négligence, l'incurie et l'incapacité de lord Braddock et de ses prédécesseurs, toutes nos institutions militaires ont misérablement dépéri ; il n'est pas seulement un général habile, ainsi que le colonel Barclay l'a éprouvé à ses dépens, il est le premier soldat de son armée.
>
> Ses sujets ont pour lui une sorte d'admiration superstitieuse. Les Hindous croient, et il laisse dire, que son corps est impénétrable aux balles et aux poignards. Aussi personne ne serait assez hardi pour se mesurer avec lui, si l'on pouvait avoir envie de conspirer contre sa vie. Sa cravache seule ferait trembler les assassins. Du reste, il

est affable, bienveillant, doux avec tout le monde surtout avec les faibles et les opprimés.

Quiconque veut pénétrer dans son palais peut le faire à toute heure, sans que les serviteurs repoussent ou interrogent le nouveau venu. Une seule partie du palais est réservée, et c'est celle qu'aucun gentleman ne voudrait montrer, je veux dire les appartements de la reine ; mais Sita se montre elle-même tous les jours en public et le peuple peut la voir et lui parler. Je dois même dire que sa beauté merveilleuse et sa bonté, dont on raconte des traits surprenants, ne sont pas les moindres causes de la popularité du maharaja Corcoran.

Son essai de gouvernement représentatif a beaucoup mieux réussi qu'on ne devait s'y attendre dans un pays habitué jusqu'ici au plus dur esclavage ; ses députés, comme il les appelle, commencent à comprendre leurs intérêts et à les discuter très passablement. Pour lui, il ne cherche à influencer personne ; il écoute patiemment tout le monde et même les imbéciles, car, disait-il l'autre jour en riant à un Français qui est venu le visiter, ceux-là aussi ont droit de donner leur avis, d'autant mieux qu'ils forment toujours la majorité. Un tel homme, devenu, si jeune encore, par un coup de fortune, par son audace et par son génie, chef d'une nation puissante à l'âge où Napoléon Bonaparte lui-même n'était encore qu'un simple officier d'artillerie, est l'ennemi le plus redoutable que nous puissions rencontrer dans l'Inde. Il a tout le génie de Robert Clive et de Dupleix sans leur rapacité. Il n'aime pas l'argent, qui est la grande passion de tous les maîtres de l'Inde ; il sait caresser toutes les classes, flatter tous les préjugés et parler toutes les langues de l'Inde. Ce sont là de grands moyens de plaire à une nation incapable de se gouverner elle-même et qui a toujours eu pour maîtres des étrangers, musulmans ou chrétiens.

C'est à lord Braddock de surveiller soigneusement cet homme redoutable. S'il faisait venir d'Europe quelques aventuriers déterminés comme lui, s'il augmentait peu à peu son armée déjà très aguerrie, s'il faisait appel à tous les mécontents de l'Inde, peut-être mettrait-il en danger notre domination plus facilement que n'ont pu le faire le sanguinaire Nana Sahib et la reine d'Oude.

On objectera qu'il aurait pu se joindre aux cipayes révoltés et qu'il ne l'a pas fait, ce qui est une marque de ses sentiments pacifiques. Sa tranquillité n'était qu'apparente. Il achève ses préparatifs. Quelques-uns de ses émissaires font courir des prophéties dans le peuple : il est dit publiquement dans les tavernes et dans tous les lieux publics que la délivrance de l'Inde est proche et qu'elle sera due à un homme au teint blanc qui aura passé la mer.

Si l'on pouvait conclure avec lui une alliance solide, il faudrait le faire, car il n'y a pas d'ami plus précieux ou d'ennemi plus redoutable ; mais on s'y est mal pris ; on l'a traité d'abord comme un aventurier, comme un bandit sans feu ni lieu ; on a excité en lui deux passions redoutables : l'ambition et l'amour de la vengeance ; il n'est plus temps aujourd'hui de se fier à lui. Tôt ou tard il nous fera la guerre. Déjà, bien loin de consentir, comme tous les princes de l'Inde, à subir la présence et la tutelle d'un résident anglais, il n'a voulu entretenir avec nous aucune relation d'amitié ou de bon voisinage. Il a donné asile à tous les fugitifs qui craignent notre vengeance et, lorsqu'on lui a demandé de les livrer, il a répondu qu'un Français ne livrait jamais ses hôtes.

Tout cela indique assez quels sont ses desseins, et le plus sage serait de le prévenir avant qu'il ait eu le temps de se rendre redoutable. Malgré toute son audace et ses succès, il n'est pas sans sujets d'alarme. Les réformes qu'il a introduites dans l'administration et les lois du peuple mahratte, bien qu'approuvées par son Assemblée législative, ont excité la haine des zémindars, grands propriétaires fonciers qui disposaient de tout avant son arrivée. Il ne serait pas difficile d'exciter leur jalousie et, en leur donnant appui, de renverser le nouveau maharaja. C'est même le seul moyen de prévenir le danger dont nous sommes menacés, et lord Braddock aura une belle occasion de réparer ses fautes passées et de signaler son administration par un coup d'éclat.

On voit, par l'article qui précède, quelle opinion avaient de Corcoran ses ennemis les Anglais.

A peu de chose près, ils avaient raison, car le Malouin, sans communiquer son dessein à personne, avait repris le plan de Dupleix et du fameux Bussy[1], et se proposait de chasser les Anglais de l'Inde ; mais une si grande entreprise ne pouvait pas être exécutée avant cinq ou six ans, et il attendait en silence.

Malheureusement les Anglais le prévinrent, ainsi qu'on va le voir.

1. Joseph François Dupleix (1697-1763), gouverneur de Pondichéry et directeur des comptoirs français en Inde, dut, en 1748, soutenir un long siège contre les Anglais. Secondé par le marquis de Bussy-Castelnau (1718-1785), il réussit néanmoins à conserver le contrôle de la ville.

IV

Le docteur Scipio Ruskaert

Un matin, Corcoran avait quitté Bhagavapour, et il visitait avec soin les frontières de ses États, rendant la justice, réformant l'administration, faisant manœuvrer son armée, construire des routes et des ponts, car il était obligé de faire à lui seul tous les métiers.

Sita se trouvait seule dans le palais d'Holkar. A ses pieds, sur le gazon, jouait gracieusement son fils, le petit Rama, âgé de deux ans à peine, mais qui déjà annonçait toute la force de son père et toute la grâce de sa mère. Devant eux, le gros éléphant Scindiah agitait doucement sa trompe pour amuser l'enfant qui riait et, prenant des dragées dans une boîte sur les genoux de sa mère, les mettait dans le creux de la trompe. Scindiah, sans s'étonner, les portait à sa bouche et les faisait craquer sous ses dents.

« Scindiah, mon gros ami, dit Sita, veille bien sur mon petit Rama et protège-le comme tu me protégeais quand j'étais enfant comme lui. »

L'éléphant inclina sa trompe avec gravité.

« Rama, dit la mère, donne-lui la main. »

Aussitôt l'enfant avança sa petite main délicate et la plaça dans le creux de la trompe de Scindiah, qui le saisit avec précaution et le plaça sur son dos, où le petit Rama se mit aussitôt à danser et à crier de joie. Puis, sur l'ordre de Sita, il fut remis à terre avec précaution.

« Encore ! encore ! » criait Rama.

L'éléphant recommença la même manœuvre et plaça l'enfant sur son cou. Rama, s'accrochant à ses deux longues oreilles, poussait de nouveaux éclats de rire :

« Scindiah ! je veux que tu marches. »

L'éléphant marchait.

« Scindiah ! je veux que tu trottes. »

Et il trottait.

« Scindiah ! je veux que tu galopes. »

Et il faisait au galop le tour du parc.

« Merci, mon gros Scindiah, dit Rama, je t'aime bien. Baisse la tête maintenant. Je veux descendre tout seul. »

Et s'accrochant des pieds et des mains aux longues défenses d'ivoire de l'éléphant, il se laissait glisser doucement jusqu'à terre.

Pendant ces jeux et ces rires, on annonça Sougriva.

« Madame, dit-il à Sita, un étranger d'Europe vient de se présenter au palais. Il se dit allemand, savant, photographe et il porte lunettes. Que faut-il en faire ? Mon avis est de le renvoyer ou de le pendre. Il a plus l'air d'un espion que d'un honnête homme.

— Mes ancêtres, dit Sita, n'ont jamais refusé l'hospitalité à personne. Amenez-moi cet étranger. »

L'Allemand fut introduit dans le parc. C'était un homme de haute taille, brun de visage et marqué de la petite vérole. Il avait des lunettes bleues, pour le garantir de la réverbération du soleil sur le sable, disait-il.

« Soyez le bienvenu, dit Sita. Qui êtes-vous ?

— Madame, répondit l'Allemand, qui parlait assez purement l'hindoustani, je m'appelle Scipio Ruskaert, je suis docteur de l'université d'Iéna, et chargé par la Société géographique de Berlin de faire des études et d'écrire un mémoire sur la composition géologique, la flore et la faune des monts Vindhyâ. J'ai été attiré ici par la grande réputation de science

et de générosité de l'illustre maharaja Corcoran, votre époux. Sa gloire et son génie sont déjà si connus que… »

L'étranger avait trouvé le côté faible de Sita. Cette femme admirable et presque unique en son genre ne pouvait entendre de flatterie plus douce que l'éloge de son mari. L'Allemand lui parut aussitôt le meilleur et le plus sincère des hommes. Il admirait Corcoran ; n'était-ce pas assez pour mériter toute confiance ?

Après beaucoup de questions sur l'Europe en général, et sur l'Allemagne et la France en particulier :

« On m'assure, dit Sita, que vous êtes photographe. Qu'est-ce que cela ? »

L'Allemand le lui expliqua et dit qu'il s'entendait fort bien à faire des portraits.

Autre piège où Sita devait tout naturellement tomber. Quelle femme résiste au plaisir de voir sa propre image et de contempler sa beauté ? Et, d'ailleurs, quel plaisir d'offrir à Corcoran dès son retour son portrait et celui de Rama !

En un clin d'œil, l'Allemand disposa ses instruments, sa chambre noire et ses plaques, Sita prit Rama dans ses bras, quoiqu'il se débattît de toutes ses forces, et l'opération commença.

Tout réussit à merveille et Sita, enchantée du succès de son idée, voulut qu'on donnât l'hospitalité à l'étranger jusqu'au retour de Corcoran.

L'Allemand s'inclina humblement et allait suivre Sougriva ; un incident fâcheux augmenta les soupçons de l'Indien.

Scindiah, témoin muet de cette scène, ne paraissait pas plus charmé que Sougriva de l'arrivée de l'étranger. Cependant il ne grognait pas et se contentait de lui tourner assez grossièrement le dos lorsque le petit Rama fut pris d'une fantaisie subite.

« Maman, cria-t-il, je veux que tu fasses faire mon portrait en même temps que celui de Scindiah. »

Sita essaya de résister, mais il fallut céder. L'enfant se plaça debout sur le cou de Scindiah, en s'appuyant sur la trompe relevée de l'éléphant, comme un roi sur son sceptre, et l'Allemand braqua son objectif.

Mais, comme tous les photographes, il se croyait un fort grand artiste et voulut donner des conseils à Scindiah sur la manière de poser. Scindiah se laissa d'abord poser de face, puis de profil, puis de trois quarts ; puis il revint à sa première pose ; puis, voyant qu'on allait encore le mettre de trois quarts, il regarda l'Allemand d'un air qui n'annonçait rien de bon. Scindiah avait ses nerfs et trépignait. Rama, tout fier de se tenir debout et sans broncher à une si grande hauteur — car l'éléphant n'avait pas moins de dix-sept pieds de haut —, chantait de toutes ses forces une chanson dont les vers et la musique étaient de sa composition et qui commençait ainsi :

Mon gros bibi,
Mon gros Scindi,
Veux-tu te taire ?
Veux-tu marcher,
Te promener,
Te balancer,
Te retourner
Pour être photographié ?
Ran tan plan ! ran tan plan !
C'est moi qui monte l'éléphant.

Enfin l'Allemand se décida à prendre Rama de face et Scindiah de profil, et cria le sacramentel : Ne bougeons plus ! Une minute après, il enleva la plaque. Par malheur, pendant qu'il la montrait à Rama enchanté de son image, Scindiah, qui le suivait, voulut aussi regarder son portrait, et comme l'Allemand étonné ne crut pas nécessaire de le lui montrer,

HILDIBRAND

le vindicatif éléphant alla remplir d'eau sa trompe, revint sournoisement et arrosa le photographe des pieds à la tête.

Rama éclata de rire en voyant la bonne plaisanterie de son gros ami ; Sita, pour consoler l'Allemand, lui fit donner des habits secs et deux mille roupies, puis gronda sévèrement Scindiah, qui paraissait enchanté de sa belle action. Sougriva secoua lentement la tête.

« Madame, dit-il, Scindiah n'a jamais fait de mal à personne, et il se connaît en physionomie. Si le visage de cet étranger lui déplaît, il doit avoir ses raisons pour cela. Dieu veuille que nous n'ayons pas à nous repentir d'avoir reçu cet Allemand ! Au reste, il faut attendre le retour du maharaja. »

Ce retour ne tarda guère. Cinq jours plus tard, Corcoran entra dans le palais et reçut dans ses bras sa femme et son fils. Le petit Rama grimpa, suivant son habitude, le long de son père, atteignit sans effort la ceinture, et se plaça enfin jambe de-ci, jambe de-là sur le cou du capitaine, d'où, comme du haut d'un trône, il dominait tous les assistants.

« Papa, demanda-t-il, as-tu vu mon portrait ?

— Quel portrait ? dit Corcoran étonné.

— Le mien et celui de maman. Tu verras comme Scindiah est beau de profil.

— Où donc est le peintre ? demanda Corcoran.

— Cher seigneur, interrompit Sita, c'est un étranger qui est venu en ton absence, et nous a offert ses services. »

Le maharaja fronça légèrement les sourcils.

« Qu'on me l'amène, dit-il. Quant à toi, ma douce et charmante Sita, tu ne peux rien faire que de bon ; mais ton âme candide ne croit pas au mal et l'on peut aisément te surprendre. »

A ce moment l'Allemand entra. Ses lunettes bleues qui cachaient son visage ne plurent pas à Corcoran.

« Qui êtes-vous ? » demanda-t-il.

L'autre raconta l'histoire qu'il avait déjà dite à Sita et ajouta que le glorieux maharaja…

« C'est bon ! c'est bon ! interrompit Corcoran avec une certaine impatience. Je sais d'avance ce qu'on dit aux rois quand on est devant eux et ce qu'on en dit quand ils ont le dos tourné… D'où vient que vous parlez l'allemand avec un léger accent anglais ?

— Seigneur, répliqua le photographe, ma mère était anglaise, et moi-même j'ai passé une partie de ma vie en Angleterre. Mais je suis fort connu des frères Schlagintweit, qui voyagent en ce moment dans l'Himalaya ; du docteur Vogel, de Berlin, et du célèbre Humboldt.

— Vous pourriez le prouver ?

— Oui, seigneur, et j'avais même une lettre d'introduction de M. de Humboldt auprès de Votre Majesté ; mais je l'ai perdue dans un naufrage avec beaucoup de livres et de papiers précieux, et il ne m'est resté qu'une lettre de sir Samuel Barrowlinson, de Londres, qui a bien voulu me recommander à vous.

— Oui, je connais beaucoup sir Samuel, dit Corcoran avec un sourire, et, quoique ses lettres de recommandations ne m'aient pas servi à grand-chose, je ferai volontiers honneur à sa signature… Voyons cette lettre. »

Il la prit et la lut avec attention. Sir Samuel Barrowlinson recommandait, en effet, son protégé à Corcoran avec beaucoup de chaleur et le désignait comme un des savants les plus illustres de toute l'Europe, ou du moins comme un de ceux qui le deviendraient bientôt.

« Excusez la sévérité de cet interrogatoire, dit Corcoran. J'ai le droit de me défier des Anglais, et au premier abord j'ai cru… mais la lettre de sir Samuel me rassure et je veux désormais vous considérer comme un ami. Vous aurez une maison dans Bhagavapour. N'épargnez rien pour vos recherches. Demandez-moi des éléphants, des voitures, des chevaux, des serviteurs, une escorte et tout ce qui vous plaira. Mon palais est le vôtre, et je serai heureux de voir à ma table un illustre savant. »

En même temps il le congédia sans attendre les remerciements dont l'autre allait être prodigue.

« Et toi, Sougriva, continua Corcoran quand l'Allemand fut parti, ne le perds pas de vue. Je ne sais pourquoi,

Ce bloc enfariné ne me dit rien qui vaille !

Du reste, ne lui refuse ni argent ni renseignements, de quelque nature que ce soit. Si c'est un espion, sa trahison en sera plus noire et plus indigne de pardon ; si, au contraire, comme je le souhaite, c'est un honnête homme, je ne veux pas qu'il puisse se plaindre de mon hospitalité. »

Sougriva s'inclina et dit :

« Seigneur, votre volonté sera faite. »

« Voilà, se dit Corcoran quand il fut seul, une de ces occasions où ma pauvre Louison aurait fait merveille. En dix minutes elle aurait reconnu l'espion sous la peau du savant, si c'est réellement un espion. Par Brahma et Vichnou, elle faisait admirablement ma police ; mais où est-elle maintenant ? Dans les bois sans doute, avec son grand nigaud de tigre. Ah ! Louison, Louison, vous n'êtes qu'une ingrate ! »

Il oubliait sa propre ingratitude. Au reste, il était plus près de revoir Louison qu'il ne le croyait.

V

La famille de Louison

Quelques jours après, l'Allemand était déjà le compagnon inséparable du maharaja. Bon convive, très gai, plein de belle humeur, il montait parfaitement à cheval, chassait à merveille, discutait théologie, théogonie, cosmogonie, histoire naturelle avec une verve extraordinaire, ne contredisant qu'avec modération, juste assez pour animer le discours, pas assez pour l'aigrir ; enfin, il était pour le petit Rama d'une complaisance inépuisable : il jouait avec lui à la main chaude, il lui construisait des vaisseaux de guerre en bois et lui montrait la lanterne magique et le diable qui tire la queue du cochon et le pauvre homme qui tire la queue du diable ; bref, c'était un homme universel, et personne ne pensait plus à le surveiller.

Une occasion se présenta cependant où Corcoran conçut de nouveau quelques soupçons ; mais ce jour-là il lui arriva un événement si heureux et si inespéré que toute inquiétude disparut dans la joie de cet événement.

C'était un matin du mois de janvier 1860. Corcoran partit à cheval pour chasser le rhinocéros. Le docteur Ruskaert l'accompagnait avec une vingtaine de serviteurs chargés de traquer l'animal.

Tous deux étaient bien armés et bons cavaliers, de sorte que la chasse du rhinocéros, qui n'est jamais sans danger à cause de la force prodigieuse du quadrupède, de son aveugle impétuosité et de son impénétrable cuirasse, ne paraissait cependant pas pouvoir mal tourner.

Sita regarda Corcoran partir du haut du perron du palais, et retint avec peine le petit Rama, qui criait et voulait monter sur Scindiah pour chasser, lui aussi, le rhinocéros.

Enfin, les chasseurs disparurent au tournant de la route et Rama, tout affligé, alla se consoler en montant sur les épaules de Scindiah, après quoi il dit qu'il était plus grand que les plus grands arbres et qu'il décrocherait la lune, s'il voulait.

Mais il ne la décrocha pas, et sa mère l'admira pour avoir dit une si belle chose, comme elle l'admirait quand il avait déjeuné de bon appétit ou quand il se laissait moucher sans crier, ou quand il chantait en criant, ou quand il criait en chantant, ou quand il avait la colique, ou quand il buvait de l'huile de ricin, ou quand il prenait un lavement, ou quand il ne prenait rien. Sita l'admirait toujours, et c'est une bénédiction de Dieu que d'avoir donné aux mères une admiration si constante et si infatigable pour ces petits morveux.

Pour revenir à Corcoran et à son compagnon, ils s'enfoncèrent dans la forêt et allèrent se poster à l'entrée d'un carrefour par où devait passer nécessairement le rhinocéros. Cependant les traqueurs s'avançaient avec de grands cris dans les jungles et jetaient de grosses pierres pour effrayer l'animal et le faire sortir de sa retraite. Tout à coup ces cris changèrent de nature. En cherchant le rhinocéros, ils avaient éveillé un tigre royal de la plus grande espèce, qui dormait tranquillement à l'ombre.

Il se leva lentement, étira ses quatre membres et jeta autour de lui un regard distrait. Il entendit le bruit des tamtams et, soit qu'il fût effrayé de cette musique étrange, soit, ce qui est probable, qu'il fût amateur de mélodies plus douces et plus harmonieuses, il s'élança tout à coup dans la direction du carrefour et, par bonds immenses, arriva sans être vu jusqu'à Corcoran lui-même. Celui-ci à cheval, le doigt sur la détente de sa carabine, attendait le rhinocéros et regardait en face de lui. De l'autre côté, le docteur Ruskaert voyait venir le tigre et aurait dû avertir son compagnon ; mais il n'en fit rien ; était-il troublé par la peur, ou plutôt, comme le maharaja le présuma plus tard, aurait-il été bien aise de sa mort ?

Tout à coup un poids énorme tomba sur la croupe du cheval de Corcoran et la fit plier jusqu'à terre. C'était le tigre qui venait l'attaquer par-derrière. Comme le Malouin avait le doigt sur la détente, le choc du tigre fit partir en l'air le coup de sa carabine, et il se trouva désarmé. De plus, le cheval blessé mortellement s'abattit d'une façon si malheureuse que le cavalier demeura immobile, ayant une jambe engagée sous le corps de sa monture. Il s'écria aussitôt :

« A moi ! à moi ! Ruskaert ! Tirez donc ! tirez vite ! »

Mais Ruskaert demeura immobile et attentif, quoiqu'il fût armé et qu'il pût aisément faire feu.

Dans cette situation désespérée, Corcoran ne perdit pas courage. Comme il n'avait pas le temps de prendre son revolver suspendu à sa ceinture, il donna avec la crosse de sa carabine un coup si formidable sur le mufle du tigre, dont il sentait déjà la chaleur sur son cou, que le tigre lâcha prise et recula de douleur.

Ce ne fut qu'une seconde, mais elle suffit à Corcoran pour se dégager et se trouver debout. De la main gauche saisissant son revolver, il allait faire feu sur le tigre qui revenait à la charge lorsqu'un accident imprévu mit fin au combat.

Tout à coup, un autre tigre, un peu moins grand, mais plus beau que le premier, arriva en bondissant et, au lieu de secourir son camarade, le saisit à la gorge avec ses dents, le roula à terre et lui administra une correction si sévère que Corcoran lui-même en demeura stupéfait et que le docteur Scipio Ruskaert en ouvrit des yeux plus grands que des portes cochères.

Ce tigre, ou plutôt cette tigresse au pelage soyeux, lustré, brillant, tacheté — l'avez-vous deviné ? — c'était Louison. Quant à l'autre, c'était son frère Garamagrif, qu'elle avait suivi au fond des bois et qu'elle avait épousé suivant la coutume des tigres de Java.

On a parlé beaucoup de la cruauté des tigres, et M. de Buffon, naturaliste qui avait plus de style que de science, a écrit de fort belles choses sur le mauvais caractère de ces animaux ; mais, dites-moi, quelle est la femme qui aurait montré plus d'honneur, plus de vertu, de bonté, de douceur et de sensibilité véritable que Louison ne fit en cette occasion ? Et ce qui n'est pas moins admirable que la générosité de Louison, c'est l'abnégation sublime et la soumission du pauvre tigre, son époux, qui recevait sans rien dire une correction qu'en conscience il n'avait pas méritée ; car enfin il n'avait jamais été, lui, l'ami de Corcoran.

Cependant le Malouin n'eut pas plus tôt reconnu la tigresse qu'il sentit renaître toute sa tendresse pour cette ancienne amie.

Il remit son revolver à sa ceinture et s'écria :

« Louison ! ma chère Louison ! viens dans mes bras ! »

Et elle y vint, car c'était bien sa place.

« Tu vas rentrer avec moi à Bhagavapour », dit Corcoran.

Cette proposition, à laquelle elle devait pourtant s'attendre, jeta Louison dans un grand embarras. Elle regarda pardessus son épaule le grand tigre, qui considérait cette scène avec une morne tristesse.

Le pauvre garçon tremblait d'être abandonné.

Corcoran comprit le sens de ce regard.

« Et toi aussi, tu viendras, grand nigaud, dit-il. Allons, c'est décidé, n'est-ce pas ? »

Mais le grand tigre demeurait immobile et morne. Alors Louison s'approcha et miaula à son oreille quelques douces paroles, dont voici probablement le sens :

« Que crains-tu, ami chéri de mon cœur ? Ne suis-je pas avec toi ? »

Le tigre grogna ou plutôt rugit :

« C'est un piège. Je reconnais ce maharaja. C'est celui qui te gardait sous ton toit pendant que je m'enrhumais dans le fossé en te suppliant de revenir dans nos forêts. Chère Louison, crains ses discours enchanteurs. »

Ici Louison parut ébranlée.

« Tu seras libre chez moi, reprit Corcoran, libre et maîtresse comme autrefois. Laisse là ce bourru, ce rustre qui ne peut pas te comprendre, ou, si tu ne veux pas renoncer à lui, emmène-le-moi avec toi. Je le supporterai, je l'aimerai, je le civiliserai à cause de toi. »

On ne sait comment aurait fini l'entretien si l'arrivée d'un nouveau venu n'avait résolu la question. Ce nouveau venu était un jeune tigre d'une beauté admirable. Il était à peu près gros comme un chien de taille moyenne et paraissait n'avoir pas plus de trois mois. Corcoran devina qu'il était le fils de Louison et profita de cette découverte pour employer un argument irrésistible et décider la victoire.

Le jeune tigre s'approcha de sa mère par bonds et par sauts, regardant alternativement Louison et Corcoran. Il alla d'abord frotter son mufle roux contre celui de sa mère et, sans étonnement, sans sauvagerie, il fixa avec curiosité ses yeux sur ceux du maharaja.

Celui-ci le prit dans ses bras, le caressa doucement.

« Et toi, petit, dit-il, veux-tu venir avec moi ? »

Le jeune tigre consulta les yeux de sa mère et, y lisant sa tendresse pour Corcoran, rendit au Malouin ses caresses, ce qui décida du sort de toute la famille. Voyant que son fils acceptait la proposition, Louison l'accepta également, et le grand tigre ne put faire autrement que de suivre ce double exemple.

Le Malouin, voyant l'affaire décidée et plein de joie d'avoir retrouvé Louison, ne pensa plus au rhinocéros et donna le signal du départ.

« La journée a mieux fini que je ne l'espérais, dit-il à Ruskaert. Un instant j'ai cru que j'allais devenir la proie des tigres... Mais vous, ajouta-t-il après réflexion, pourquoi n'avez-vous pas tiré quand je vous criais de faire feu ? »

Cette question parut déconcerter un instant Scipio Ruskaert ; cependant il se remit de son trouble.

« J'ai craint de manquer mon coup et de vous tuer au lieu du tigre, dit-il avec assez de sang-froid.

— Hum ! hum ! c'est bien de la prudence », répliqua le Malouin...

« Voilà qui n'est pas clair, ajouta-t-il en lui-même. Au reste, qui vivra verra. »

Le retour à Bhagavapour fut une marche triomphale. Louison faisait des bonds de joie. Le grand tigre la suivait d'un air un peu honteux, tandis que le jeune héritier, aussi joyeux que sa mère, ne paraissait sensible qu'au plaisir de voir des choses nouvelles, des palais, des rues, des places, des pagodes et les habitations des hommes.

Cependant le Malouin remarqua que Louison, dont il connaissait le bon sens, s'écartait de l'Allemand après l'avoir flairé et lui paraissait peu sympathique. Il se rappela qu'elle n'aimait pas les traîtres.

On arriva enfin au palais. A la vue de cette famille nouvelle, tous les serviteurs poussèrent des cris de frayeur et Sita elle-même, à peine rassurée par la présence de Corcoran, se rejeta du côté de Scindiah en portant le petit Rama dans ses bras.

Mais, contre toute attente, Rama seul ne montra aucune crainte. Il s'avança gaiement vers Louison et la caressa de sa petite main comme s'il l'avait connue depuis longtemps. De son côté, la tigresse lui lécha doucement la figure et lui présenta le petit tigre qui, rentrant ses griffes et faisant patte de velours, avait l'air d'un aîné qui caresse son jeune frère.

« Voici ma chère Louison, dit Corcoran, tu la reconnais, Sita ? c'est à elle que nous avons dû plus d'une fois la vie et la liberté. Son mari, ce grand bêta que voilà et qui fait une si piteuse mine, c'est le seigneur Garamagrif ; enfin, voici leur fils, ce jeune garçon joyeux que tu vois bondir et lutter avec Rama, et que nous appellerons Moustache, si tu le veux bien. Et maintenant le baptême est terminé, mes enfants, allons souper. »

La suite ne démentit pas cet heureux début. Rama et son compagnon, le petit tigre Moustache, furent bientôt une paire d'amis. Ils se livraient sous la garde et la surveillance de Louison à tous les jeux de leur âge. Cette surveillance n'était pas inutile. Rama, peu discipliné, se sentait fils de roi et voulait commander. Moustache, de son côté, se sentait fils de tigre et ne voulait pas obéir. Louison avait bien de la peine à maintenir la paix.

Elle avait encore d'autres inquiétudes.

On se souvient de la manière dont elle avait quitté Corcoran deux ans auparavant. Ce départ lui avait attiré une querelle violente avec Scindiah, et elle n'avait pas oublié ses procédés un peu vifs. D'un autre côté, Garamagrif avait emporté avec ses dents un morceau de la queue de l'éléphant ; Scindiah, à son tour, avait failli tuer Garamagrif d'un coup de pierre. De quel œil ces deux guerriers redoutables allaient-ils se revoir ? Toute l'autorité de Corcoran lui-même suffirait-elle à empêcher une bataille sanglante entre ces ennemis mortels ?

Si quelqu'un s'étonne que les animaux tiennent une place si honorable dans mon histoire, tandis que je néglige les marquis, les comtes, les ducs, les archiducs et les grands-ducs, dont le monde est rempli et comme encombré, j'ose dire que mes héros, bien qu'ils ne marchent pas précédés de tambours et de trompettes, ne sont pas moins intéressants que ceux

qu'on voit parader à la tête des régiments et que leurs passions ne sont ni moins vives ni moins violentes. J'irai plus loin. Scindiah, avec sa gravité, son silence, son sang-froid, son impassibilité et sa trompe immense, qui n'était au fond qu'un nez un peu trop allongé, avait une ressemblance prodigieuse avec plusieurs de ces grands et nobles personnages qui règlent le destin des royaumes. Louison, si fine, si légère, si courageuse, si dévouée à ses amis, aurait pu servir de modèle à plusieurs grandes dames, et elle avait assurément autant d'esprit et de bon sens qu'aucun être humain ou inhumain — le seul Corcoran excepté ; par sa force et son impétuosité sans pareilles, elle en aurait remontré à tous les généraux de cavalerie des temps anciens et modernes ; et si elle avait eu la parole, elle eût commandé la charge et donné l'exemple aussi bien que Murat et Blücher.

Que me reprochez-vous donc ? Sommes-nous si sûrs d'être supérieurs à tous les autres êtres de la création que nulle histoire ne nous plaise excepté la nôtre ?

Oui, je préfère le tigre à l'homme. Le tigre est beau, il est fort ; il n'est pas intempérant ou dissolu, il a peu d'amis, mais il les choisit avec soin et ne s'expose pas à les trahir ou à être trahi par eux ; il ne flatte personne ; il aime la solitude, comme tous les philosophes illustres ; il a horreur de l'esclavage pour lui-même et n'a jamais réduit personne en servitude ; enfin, c'est l'une des plus nobles créatures de Dieu.

De quel homme, si ce n'est de mon lecteur, pourrait-on faire le même éloge ?

VI

Où le docteur Scipio Ruskaert se dévoile

Lettre de George William Doubleface, Esq., chef de la police secrète de Calcutta, à lord Henry Braddock, gouverneur général de l'Hindoustan.

Bhagavapour, 15 février 1860.

Mylord,

Le courrier qui remettra ce rapport à Votre Seigneurie est un homme sûr, et je réponds de sa fidélité.

Suivant les ordres de Votre Seigneurie, j'ai pris la route de Bhagavapour, et je me suis présenté à la cour du soi-disant maharaja Corcoran avec les lettres de créance que Votre Seigneurie a bien voulu demander pour moi à sir Samuel Barrowlinson. Sous le nom du docteur Scipio Ruskaert, de l'université d'Iéna, j'ai pénétré sans peine auprès du capitaine Corcoran, qui m'a reçu d'abord avec défiance, je dois l'avouer ; mais bientôt cette défiance, qui paraît, du reste, fort étrangère à son caractère habituel, a fait place à des sentiments meilleurs. Quelle que soit sa pénétration, et je dois dire qu'elle dépasse tout ce qu'on peut imaginer, son insouciance et son intrépidité sont encore supérieures ; aussi n'ai-je rencontré aucun obstacle dans l'accomplissement de la mission dont Votre Seigneurie a bien voulu m'honorer.

D'abord, il ne m'a pas été difficile d'obtenir la confiance

de la reine Sita. La photographie, tout à fait inconnue dans ce pays reculé, m'a servi de passeport auprès de la fille d'Holkar, qui n'a pas résisté au plaisir de voir son image et celle de son fils — un marmot de deux ans — reproduites et tirées à vingt mille exemplaires. Dans tel cas donné, c'est un signalement tout trouvé. Pour cette raison, j'aurais vivement désiré joindre à ma collection le portrait du capitaine Corcoran ; mais il s'est toujours refusé à poser devant moi, et j'ai craint en insistant trop de faire naître ses soupçons.

En revanche, aussitôt qu'il a connu la lettre de sir Samuel Barrowlinson, il s'est empressé de mettre à mon service ses armes, ses roupies, ses chevaux, ses éléphants et de me donner toute facilité d'aller et de venir dans ses États. Grâce à la connaissance parfaite de la langue hindoustani, j'ai déjà trouvé moyen de recueillir les informations les plus variées et les plus sûres et je m'empresse d'envoyer sous ce pli à Votre Seigneurie le tableau des forces de terre et de mer du royaume d'Holkar. Je dis : et de mer, car, malgré la répugnance des Hindous pour la marine, le capitaine a gardé son brick et l'a fait armer en guerre, soit que, prévoyant le sort que lui réserve Votre Seigneurie, il le garde pour protéger sa fuite, soit qu'il ait, car on doit tout craindre d'un tel homme, quelque raison de compter sur l'appui de ses compatriotes. Votre Seigneurie, dans sa sagesse, appréciera mieux que moi les motifs réels de la conduite de cet aventurier.

Votre Seigneurie, mylord, est priée de remarquer que l'armée dont elle verra l'énumération sur le tableau ci-joint, n'est pas, comme on pourrait le croire d'après les usages généralement reçus en Orient et en Occident, une armée sur le papier, et que les non-valeurs n'y tiennent aucune place. J'ai eu plus d'une fois occasion de vérifier avec quelle exactitude le capitaine se rend compte de l'effectif réel de ses troupes et de leur instruction et je dois ajouter qu'il serait fort désirable que les cipayes ou les Sikhs enrôlés au service de la reine Victoria eussent la discipline et la solidité de ces Mahrattes.

Une chose a rendu le maharaja très populaire : c'est sa scrupuleuse attention à rendre et à faire respecter la justice. Sous ce rapport, il est inflexible et il a fait pendre quelques centaines de brigands qui ravageaient impunément tout le pays sous l'autorité contestée de son prédécesseur. Plusieurs d'entre eux ont offert des sommes immenses pour racheter leur vie ; mais il n'a fait grâce à personne et il a distribué leurs dépouilles au petit peuple. Votre Seigneurie devinera facilement à quel point cette générosité, qui lui coûte si peu, a fait bénir son nom.

Ceci me mène tout droit au sujet principal de ce rapport. J'ose espérer que Votre Seigneurie ne me désapprouvera pas si j'ai cru devoir outrepasser un peu mes instructions.

L'exécution des principaux brigands a mis fin au brigandage et la plupart des pauvres diables qui faisaient ce sot métier sont rentrés dans la vie privée. D'autres ont passé la frontière et exercent leurs talents au Bengale, où j'ai eu le plaisir d'en saisir et d'en faire pendre une vingtaine. Parmi ces derniers — je veux dire ceux qui sont au Bengale, et non ceux qui ont été pendus —, j'ai eu l'occasion de remarquer un drôle de la pire espèce, nommé Punth-Rombhoo-Baber, ou plus commodément Baber, ce qui signifie, en langue hindoue, Votre Seigneurie ne l'ignore pas, *le Tigre*. Baber donc, ou le Tigre, s'est signalé, depuis sa naissance, par les exploits les plus brillants. Je n'oserais affirmer qu'il ait tué son père ou sa mère ; mais, à cela près, il a commis toutes sortes de crimes. A quinze ans, sa réputation était faite. Son habileté à se tirer des mains de la justice et de la police est presque fabuleuse. Pour citer de lui un tour qui vaut tous les autres, il a été empalé et, profitant de l'absence des gardes, il s'est débarrassé de son pal et a traversé le Gange à la nage pendant la nuit pour chercher un asile dans le Goualior. Un autre jour, il fut pendu, mais si mal, que, sans que la corde eût cassé, il continua de respirer. Deux heures plus tard, on le dépendit pour le disséquer, et le docteur Francis Arnolt, chirurgien du 48e de ligne cipaye, allait lui plonger le scalpel dans la poitrine, lorsque Baber eut l'effronterie de se lever, d'arracher le scalpel au docteur étonné, de bondir vers la porte de l'amphithéâtre, de se glisser au travers de quatre ou cinq cents personnes, sans qu'on osât ou qu'on voulût lui mettre la main au collet, et de fuir jusqu'à Bénarès, où je le rencontrai, quand Votre Seigneurie daigna m'envoyer à Bhagavapour.

Cette rencontre fut providentielle. Quoique j'ose me flatter de connaître à fond ma profession, un aide tel que Baber n'est pas à dédaigner. Par un bonheur extraordinaire, ce coquin croit avoir à se plaindre du capitaine Corcoran, qui l'a chassé du pays des Mahrattes. « Sans lui, dit-il, je vivrais tranquille au fond du royaume d'Holkar ; je jouirais paisiblement d'une fortune acquise par tant d'honorables travaux, et je serais heureux sous ma vigne et mon figuier, avec ma femme et mes enfants, comme un patriarche. »

Un motif plus singulier encore, et qui fera sans doute sourire Votre Seigneurie, l'a rendu l'ennemi irréconciliable du maharaja.

Baber — où l'amour-propre va-t-il se nicher ? — se croit le premier homme de son temps et tout à fait invincible dans l'exercice de sa profession. S'il a subi quelques échecs dans le cours d'une vie déjà longue, ces échecs ne sont pas, dit-il, un effet de la faiblesse de son génie, mais de la sensibilité de son cœur. Deux fois les femmes l'ont trahi et vendu ; mais aujourd'hui, plein d'expérience et de jours, revenu de sa passion aveugle pour un sexe trompeur, il se flatte de ne plus craindre personne, et l'idée d'obtenir du gouvernement anglais sa grâce et trois cent mille roupies — je n'ai pas cru hasarder trop en lui promettant cette somme de la part de Votre Seigneurie —, l'idée plus éblouissante encore de prendre mort ou vif le capitaine Corcoran, que tous les Mahrattes regardent comme invincible, et de terminer ainsi sa glorieuse carrière par un magnifique coup d'éclat, tout cela décide Baber à tenter la grande entreprise.

Quant aux moyens d'exécution, je le connais : on peut s'en fier à lui. Dans sa première jeunesse, il était l'un des chefs les plus redoutables des Thugs, et il a commandé longtemps des bandes de cinq à six cents hommes. C'est parmi ses anciens associés qu'il s'est chargé de recruter trente coquins déterminés, dont le moindre a été condamné à mort deux ou trois fois. Trente, c'est assez car je ne dois pas dissimuler à Votre Seigneurie que le but de Baber est bien moins de faire prisonnier Corcoran — chose à peu près impossible — que d'en débarrasser le gouvernement anglais, *quibuscumque viis*, c'est-à-dire n'importe comment.

Je n'ai pas besoin, mylord, d'informer Votre Seigneurie que, en aucun cas, son nom ne pourra être compromis dans une pareille entreprise, et qu'elle pourra nier hardiment toute participation aux manœuvres du brave Baber. J'ai dû cependant montrer à Baber les pleins pouvoirs, signés de la main de Votre Seigneurie, qui me furent remis au moment de mon départ pour Bhagavapour, car ce gentleman voulait être certain d'obtenir sa grâce et les trois mille roupies que je lui ai promises ; mais vous devez bien penser, mylord, que ces papiers précieux n'ont été que montrés et non pas remis à l'honorable M. Baber.

Au reste, l'exécution de son projet n'est pas trop difficile. La confiance du capitaine Corcoran dans sa popularité est si grande qu'il n'a pas daigné mettre garnison dans sa capitale. Toute l'armée est distribuée sur la frontière, ainsi que Votre Seigneurie pourra s'en assurer si elle daigne jeter les yeux sur le plan ci-annexé. Il n'y a pas deux cents soldats à Bhagavapour ; encore ce sont des soldats de police, dispersés dans les divers quartiers. Le palais est ouvert à tout le monde et à toute heure du jour.

La seule garde qui soit à craindre est composée d'un jeune tigre de trois mois et demi à peine, d'un grand tigre sauvage et de sa mère, cette fameuse Louison qui a donné tant de fil à retordre au colonel Barclay. Ces trois animaux sont doués d'un instinct merveilleux ; mais il est aisé de les surprendre à l'heure de la sieste et de les enfermer.

Baber et moi, tantôt séparément, tantôt ensemble, nous avons examiné avec soin la disposition du palais et de ses issues et fait notre plan de campagne. Il me paraît impossible que le soi-disant maharaja puisse s'échapper, quelle que soit sa force physique, qui est vraiment prodigieuse, et quel que soit son sang-froid.

Si j'ai pris soin, mylord, de ne pas mêler le nom de Votre Seigneurie à ceux de M. Baber et d'autres gentlemen de même farine, je n'ai pas voulu non plus qu'on pût m'attribuer, en cas d'insuccès, une part quelconque de l'affaire. Ce n'est pas que je ne sois toujours prêt à exécuter, *consilio manuque*[1], tout ce qu'il plaira à Votre Seigneurie de m'ordonner dans l'intérêt du gouvernement de la reine, notre gracieuse souveraine ; mais ici il n'est pas nécessaire de pousser si loin le zèle. Grâce

1. « Par la clairvoyance et l'habileté. »

au ciel, Baber et ses complices feront tout à eux seuls et je ne tremperai pas les mains d'un loyal Anglais dans un meurtre que la morale publique réprouve, bien que la politique le commande.

En revanche, je me suis réservé la prise de possession de Bhagavapour au nom de Votre Seigneurie. Je profiterai du trouble qui suivra la mort de Corcoran pour annoncer l'arrivée prochaine de l'armée anglaise. Je connais ce peuple. Corcoran mort, nul n'osera résister, et tous ses desseins périront avec lui. Quant à la veuve et au jeune héritier présomptif, ils seront, comme disent les Français, expropriés pour cause d'utilité publique.

J'espère que le prochain courrier apportera de bonnes nouvelles à Calcutta et j'ose, mylord, supplier Votre Seigneurie de croire aux respects les plus profonds de son très loyal, très obéissant et très dévoué serviteur,

George William Doubleface
(alias Scipio Ruskaert)

P.- S. : Votre Seigneurie ne sera pas étonnée, j'ose le croire, si j'ai dû porter à un million de roupies le crédit qu'elle a daigné m'accorder sur la maison Smith, Henderson and Co., de Bombay. Votre Seigneurie n'ignore pas que les investigations de toute espèce auxquelles je me suis livré par ses ordres coûtent fort cher et que, de toutes les marchandises connues, la trahison est la plus précieuse, bien qu'elle ne soit pas la plus rare. Outre l'honorable M. Baber et ses amis, j'ai dû acheter vingt-cinq ou trente consciences hindoues et, bien que ces consciences païennes ne soient pas tout à fait au même taux que les consciences chrétiennes de messieurs les membres de la Chambre des communes, cependant le tarif est encore très élevé. Du reste, le trésor d'Holkar, auquel le soi-disant maharaja n'a fait qu'une brèche insignifiante, remboursera amplement le gouvernement de Sa Majesté.

Il est même possible — mais ceci n'est qu'une conjecture dont Votre Seigneurie fera le cas qu'elle jugera convenable — que le gouvernement de Sa Majesté ne soit pas obligé de remplir tous ses engagements envers Baber ; car il est très vraisemblable ou que Corcoran surpris se défendra vigoureusement et pourra tuer quelques-uns des assaillants et peut-être Baber lui-même — ce qui éteindrait la créance en même temps que le créancier —, ou que le peuple, indigné de l'assassinat de son chef bien-aimé, prendra les armes et se jettera sur les meurtriers, surtout si, comme il est désirable, la veuve du soi-disant maharaja survit à son époux et poursuit implacablement sa vengeance. Dans ce cas, l'économie serait encore plus complète, car aucun de ces gentlemen ne pourrait réclamer sa part de butin et le gouvernement anglais ne perdrait guère que la somme insignifiante de vingt mille roupies, arrhes nécessaires du marché. Il pourrait même arriver que Sita, ignorant les diverses réflexions qui ont été échangées entre Baber et moi, se défiant des ministres du défunt maharaja, eût l'idée de me confier le soin de sa vengeance. Dans ce cas, je me verrais obligé de poursuivre les assassins et de ne faire grâce à personne. Plus j'y pense, plus cette dernière solution me paraît la plus vraisemblable et la meilleure.

2e P. - S. : Au moment où j'allais terminer ce trop long rapport, un grand tumulte s'est élevé dans Bhagavapour. J'ai mis la tête à la fenêtre pour voir de quoi il s'agissait. J'ai même cru que Baber, par excès de zèle, venait de commencer l'attaque. C'était une erreur. Le peuple tout entier levait les yeux et les mains vers le ciel et poussait des cris comme à la vue d'un animal extraordinaire. J'ai regardé en même temps que les autres et j'ai vu un ballon d'une forme extraordinaire descendre lentement dans le parc du maharaja. On a jeté l'ancre. J'étais trop loin pour rien distinguer ; mais le peuple se prosterne dans les rues en criant que c'est le resplendissant Indra, dieu du feu, qui vient rendre visite à Vichnou, son confrère, incarné à Bhagavapour dans la personne de Corcoran. Je vais voir cette merveille et savoir quel est cet aéronaute qui joue le rôle du puissant Indra. A coup sûr, cet incident imprévu est fait pour augmenter encore le crédit et la réputation du maharaja.

VII

Comment Yves Quaterquem, de Saint-Malo, fut présenté à Scindiah

Scipio Ruskaert ne s'était pas trompé. C'était bien un ballon qui venait de s'abattre, comme un oiseau de proie, sur la ville de Bhagavapour, et qui excitait la rumeur publique. En un instant, malgré l'apathie invincible des Hindous, tout le peuple, saisi de respect, d'admiration et de curiosité, se précipita vers le parc du maharaja afin de contempler de plus près cet animal singulier et prodigieux.

Mais au moment où l'on allait forcer l'entrée, Louison, qui se promenait tranquillement, s'étonna de ce grand concours de peuple et s'avança vers les Hindous comme pour les interroger. En un clin d'œil, la foule disparut, refoulée par la frayeur, dans les rues environnantes, ce qui permit aux serviteurs du palais d'avertir Corcoran. Celui-ci faisait tranquillement la sieste. A peine éveillé, il s'avança sur le perron du palais en se frottant les yeux. Il voyait descendre du ballon, qui ressemblait à une petite maison très solide et très légère et à un aigle aux ailes puissantes, une jeune femme d'une rare beauté et vêtue à la dernière mode de Paris. Un jeune homme de bonne mine lui donnait la main, et dans ce jeune homme Corcoran reconnut avec étonnement son cousin et son ami intime, le célèbre Yves Quaterquem[1], de Saint-

1. Les personnes qui ont lu *Les Amours de Quaterquem* reconnaîtront sans peine ce nouveau personnage. Les autres trouveront sans doute que l'analyse rapide que Quaterquem fait de ses aventures suffit à la clarté du récit. *(Note de l'auteur.)*

Malo, membre correspondant de l'Institut de France. Le premier mouvement du maharaja fut de s'élancer dans les bras de son ami.

« Ah ! l'heureux hasard ! s'écria Corcoran.

— Hasard ! répliqua le nouveau venu. Point du tout, mon cher... Nous faisons des visites de noces dans la famille. Voici ma femme. »

Et de la main il désigna la jeune femme qui l'accompagnait.

« Par la déesse Lackmi, dont vous êtes la vivante image, s'écria Corcoran en s'inclinant avec respect, si ce n'était un sacrilège de dire qu'on peut être aussi belle que Sita, je le dirais de vous, ma cousine.

— Or çà, dit Quaterquem, trêve aux compliments... Où vais-je mettre ma voiture ? car il me semble, seigneur maharaja, que tu n'as pas de remise assez grande pour la loger.

— Ton ballon ? dit Corcoran. Eh ! parbleu ! nous allons le mettre dans l'arsenal, dont j'ai seul la clef, et mon éléphant Scindiah en gardera l'entrée.

— Avant tout, mon cher ami, dit Quaterquem, sache bien que j'ai les plus fortes raisons pour cacher à tout le monde la forme et le mécanisme intérieur de mon ballon, et ne me donne que des serviteurs aveugles, sourds et muets.

— Par la barbe de mon grand-père ! s'écria Corcoran, Scindiah est le serviteur qu'il te faut. Viens ici, Scindiah ! »

L'éléphant, qui rôdait librement dans le parc, s'approcha d'un air curieux, regarda attentivement le ballon, parut chercher le sens de cette masse énorme et, après un instant de réflexions stériles, éleva sa trompe vers le ciel en fixant ses yeux sur Corcoran.

« Scindiah, mon ami, dit celui-ci, tu m'écoutes, n'est-ce pas, et tu me comprends ? Ce gentleman que tu vois est M. Yves Quaterquem, mon cousin et mon meilleur ami. Tu lui dois respect, affection, obéissance. C'est bien entendu, n'est-ce pas ?... Oui... Eh bien, il va te donner la main et tu lui donneras ta trompe en signe d'amitié. »

Scindiah obéit sans se faire prier.

« Quant à cette dame, continua Corcoran, c'est ma cousine et, avec Sita, la plus belle personne de l'univers. »

Scindiah s'agenouilla devant la dame, lui prit la main délicatement avec sa trompe et la posa sur sa tête en signe de dévouement.

« Maintenant que la présentation est finie, relève-toi, mon ami, prends les cordes du ballon avec ta trompe, tire de toutes tes forces et amène-le dans l'arsenal. »

Ce qui fut fait en quelques minutes, car la force de l'éléphant égalait son intelligence. Puis il fut mis en faction devant la porte de l'arsenal avec défense absolue de laisser entrer personne.

« Maintenant, dit Corcoran à ses hôtes, allons voir Sita, car je suis marié, mon cher Quaterquem, tout comme toi, et ma femme m'a apporté en dot un royaume assez joli, comme tu vois. »

VIII

Le maelström

Sita s'avança au-devant de ses hôtes et leur fit l'accueil le plus gracieux. Corcoran les présenta et expliqua en peu de mots les liens de parenté qui l'unissaient à Quaterquem.

« A toi maintenant de parler, dit-il en se tournant vers lui, et de nous dire comment tu nous arrives par le chemin des airs.

— Mon histoire est un peu longue, répliqua Quaterquem, mais je l'abrégerai. La dernière fois que je t'ai vu, c'était à Paris, je crois, dans la rue des Saints-Pères, il y a quatre ans. Je cherchais alors le moyen de diriger les ballons, et j'étais un pauvre diable, vivant de peu, mangeant du pain rassis, buvant l'eau des fontaines publiques, chaussé de souliers percés et vêtu d'un habit dont les coudes riaient de misère. Cependant, à force de chercher à droite, à gauche, au nord, au sud, à l'est et à l'ouest, j'ai fini par résoudre mon fameux problème.

— Ô Christophe Colomb ! s'écria Corcoran, le monde t'appartient ! Nul homme n'a fait autant que toi pour ses semblables.

— Ne te presse pas de m'applaudir, dit Quaterquem. Je ne suis pas aussi bienfaiteur de l'humanité que tu pourrais le croire au premier abord… Aussitôt ma découverte faite, comme la science n'avait plus besoin de moi, je devins amoureux d'Alice, que tu vois et qui nous écoute en souriant… amoureux à en perdre la raison ; j'étonnai la mère, je bravai

NADAR
PLUS LOURD
QUE L'AIR
LE GEANT

le père, un vieil Anglais archéologue et grognon, je bousculai le rival, un M. Harrisson ou Hérisson, qui fait le commerce du coton à Calcutta ; je troublai ce pauvre garçon au point qu'il tira un coup de pistolet sur son futur beau-père, qui lui servait de témoin, croyant tirer sur moi, son adversaire ; je fis tant que miss Alice Hornsby, ici présente, est devenue ma femme, et ne s'en repent pas, je crois.

— Oh ! cher bien-aimé, non ! s'écria Mme Quaterquem en s'appuyant doucement sur l'épaule de son mari.

— Je pensai d'abord, continua Quaterquem, à publier ma découverte dans l'intérêt du genre humain, et, entre nous, c'était une sotte idée, car le genre humain ne vaut guère qu'on s'occupe de lui ; mais j'eus le bonheur que l'Académie des sciences se moqua de ma découverte et, sur le rapport de je ne sais quel vieux savant qui avait longtemps cherché la solution du problème sans la découvrir, déclara que j'étais fou à lier. Par bonheur, j'étais déjà marié, et le vieux Cornélius Hornsby, mon beau-père, qui ne m'avait accordé la main de sa fille qu'en échange du brevet d'invention que je devais prendre, et qu'il devait exploiter en France et en Angleterre, s'écria que je l'avais indignement trompé, me rendit ma parole, me donna sa malédiction et jura de ne plus revoir sa fille.

— Pauvre père ! dit Alice.

— Cette fois, Alice et moi, nous avions la bride sur le cou. Alice, un instant ébranlée, reprit bientôt confiance, je construisis mon ballon et j'en adaptai les diverses pièces moi-même, de peur d'indiscrétion, dans un village à cent lieues de Paris ; je m'approvisionnai et je partis un soir avec Alice, décidé à chercher asile dans un pays qui n'eût jamais vu l'ombre d'un académicien ou d'une société savante.

— Et tu as choisi Bhagavapour, cher ami ?

— Ni Bhagavapour, ni aucune autre capitale, ni aucun pays civilisé ou peuplé, répliqua Quaterquem, et voici mes raisons. L'homme, mon cher maharaja, tu le sais mieux que moi, est un vilain animal, hargneux, envieux, gênant, avare, querelleur, poltron, gourmand, dissolu ; surtout il a grand-peine à supporter son voisin. Un sage a dit : *Homo homini lupus*[1]. J'ai donc cherché le moyen de n'avoir de voisin d'aucune espèce, et pour cela j'ai fait en ballon le tour du globe terrestre. Je ne m'arrêtai, comme tu peux penser, ni à la France, ni à l'Angleterre, ni à l'Allemagne, ni à aucune partie du continent européen. En planant au-dessus des villes et des campagnes, je voyais partout des soldats, des fonctionnaires, des mendiants, des prisons, des hôpitaux, des casernes, des arsenaux et des manufactures, et tout ce que la civilisation traîne derrière elle. La Turquie d'Asie me convenait assez. C'est le plus beau pays et le plus doux climat du globe. Je regardais avec envie les pentes du mont Taurus, et j'étais tenté de construire ma maison sur l'un de ses sommets qui ne sont accessibles qu'aux aigles. Mais là encore j'aurais eu des voisins, et qui pis est, des Turcs. L'Afrique me plaisait beaucoup. Là, dans ces solitudes délicieuses que dépeint le docteur Livingstone, gardés contre toute civilisation par les troupeaux de singes et d'éléphants qui parcourent la forêt immense et vont se baigner dans les eaux bleues du Zambèze, nous aurions pu, comme Adam et Ève, nous créer un paradis terrestre. Un matin, pendant que nous roulions ces pensées en dirigeant notre ballon vers le centre de l'Afrique, nous aperçûmes, à cinq cents pieds au-dessus de nous, la petite ville de Ségo, capitale d'un royaume aussi étendu que la France, et nous vîmes avec la longue-vue un spectacle étrange, épouvantable, que je n'oublierai jamais.

« Six mille esclaves des deux sexes étaient rangés, les yeux bandés et les mains liées derrière le dos, au pied de l'enceinte de Ségo, qui est de forme circulaire. Derrière eux se tenait un pareil nombre de soldats, le sabre nu. Ils attendaient les

1. « L'homme est un loup pour l'homme. »

ordres du sultan de Ségo, une sorte de Nègre hideux, camard, lippu, lépreux, qui, du haut de son trône, s'apprêtait à donner le signal.

« Enfin cet affreux Nègre parla. Je n'entendis pas ses paroles, mais je vis le geste, je le vois encore. A cette parole, à ce geste, six mille sabres tombèrent à la fois sur le cou des six mille esclaves et tranchèrent six mille têtes[1]. J'en frémis d'horreur. Alice voulait partir, mais je la priai de rester, m'attendant que cette tragédie sanglante aurait un dénouement conforme à la justice divine — au besoin j'aurais moi-même contribué à ce dénouement —, et je mis mon ballon en panne au moyen d'un mécanisme de mon invention qui est assez ingénieux, je m'en vante.

« Je ne m'étais pas trompé. Après cet horrible carnage, il y eut dans la foule qui couvrait les remparts de Ségo un instant de stupeur ; puis une rage furieuse s'empara de tous les spectateurs, on massacra les gardes du sultan, on le saisit lui-même, on égorgea devant lui ses femmes et ses enfants, on bâtit sur leurs cadavres une tour, au sommet de cette tour on fixa un plancher, et l'on cloua les membres du sultan sur ce plancher, de façon qu'il eût la tête tournée vers le ciel et qu'il fût, vivant, la pâture des oiseaux de proie. Je t'avoue, mon cher maharaja, qu'un tel spectacle m'ôta pour jamais l'envie de m'établir sur les bords du Niger, du Nil ou du Zambèze, et m'aurait rendu le goût de la solitude, si j'avais pu le perdre.

« Nous revînmes donc à ma première pensée, qui était de chercher une île déserte. Mais où trouver cette île précieuse, à l'abri de tous les pirates, de tous les marins, de tous les explorateurs ? Excepté dans l'océan Pacifique, il n'y a pas un pouce de terre où les Européens n'aient planté quelque

1. Légende historique. Raffenel, *Nouveau Voyage au pays des Nègres (Note de l'auteur).* Jean-Baptiste Raffenel (1809-1858) est un voyageur français qui parcourut puis décrivit l'Afrique occidentale.

drapeau unicolore, bicolore ou tricolore. Nous cherchâmes longtemps. Notre ballon plana pendant huit ou dix jours au-dessus de la mer des Indes et de l'Asie méridionale ; mais nous ne trouvions aucune île, aucun rocher assez sûr pour abriter notre bonheur. Le continent, vu de si haut, nous paraissait une plaine immense, marquée de quelques ondulations imperceptibles au fond desquelles coulaient quelques ruisseaux, l'Indus, le Gange, le Brahamapoutra, le Meinam. Vos monts Vindhyâ, dont vous êtes si fiers, vos Ghâtes, et l'Himalaya lui-même, nous faisaient l'effet de ces murs que le paysan élève pour marquer la limite de son champ et qu'il franchit d'une enjambée

« Enfin, redescendant vers le sud-est, nous contemplâmes ce merveilleux groupe d'îles immenses et innombrables, parmi lesquelles Java, Sumatra et Bornéo tiennent le premier rang. Là, tout nous attirait, la fertilité du sol, la beauté du climat, et même la solitude ; car les hommes, animaux sociables et féroces, aiment à se réunir par milliers dans quelques coins de l'univers pour se dévorer plus commodément. J'enrage quand je vois des imbéciles qui s'appellent hommes d'État entasser leurs peuples dans un étroit espace où tout manque, le pain, le vêtement, l'air et le soleil, et s'arracher à coups de canon des lambeaux de terre, pendant que des centaines de mille lieues carrées restent sans habitants.

— Mon ami, interrompit Corcoran, tu as raison, mais dis-nous vite où est ton île. Est-elle voisine de Barataria, où Sancho Pança fut gouverneur ?

— Mieux encore, continua Quaterquem. Mon île est unique dans l'univers. Cherche sur la carte de l'Océanie, à moitié chemin entre l'Australie et la Californie, à deux cents lieues environ au sud-est des îles Sandwich. C'est là.

« Le 15 juillet de l'année dernière — cette date m'est restée dans la mémoire, parce que c'était le jour où j'avais coutume de ne pas payer mon terme —, nous commencions à nous sentir découragés de tant de recherches inutiles, lorsqu'un spectacle singulier attira notre attention. Nous appuyant tous deux sur le parapet de la nacelle, nous vîmes, à mille pieds environ au-dessous de nous, un trois-mâts américain en détresse.

« La surface de l'océan était calme ; il n'y avait pas un nuage dans le ciel, le navire lui-même n'avait rien perdu de sa mâture, et cependant il tournait dans un cercle immense, avec une vitesse qui croissait à chaque minute ; en même temps il se rapprochait toujours davantage d'une espèce de gouffre ou d'entonnoir où l'entraînait le tourbillon des flots. L'équipage et les passagers, se voyant perdus, s'étaient agenouillés sur le pont et adressaient à Dieu une dernière supplication.

« En effet, Dieu seul pouvait les sauver, car toute la science des marins les plus expérimentés n'aurait pu lutter contre la force aveugle et irrésistible de la mer. Le gouffre où le navire était entraîné, et qui n'a pas encore été signalé sur les cartes géographiques, est plus redoutable encore que le fameux maelström, si redouté des Norvégiens. Son centre d'attraction était situé à quinze cents pas environ d'une petite île que nous distinguions admirablement et qui paraissait avoir sept ou huit lieues de tour.

« Tout à coup un dernier cri retentit sur le pont. Le trois-mâts, qui tournait toujours avec une rapidité prodigieuse, arriva enfin au fond du gouffre et s'engloutit. Nous regardâmes longtemps avec une émotion profonde le lieu du désastre ; aucun homme vivant ne reparut ; mais, par une horrible ironie du destin, la mer se calma aussitôt que le navire eut fait naufrage. On eût dit qu'un monstre caché, satisfait de sa proie, rendait le calme aux flots. Peu à peu les vagues se mirent à tourner en sens inverse et à ramener à la surface de l'océan tout ce qu'elles avaient englouti. Le trois-mâts lui-même, tout démantelé, à demi brisé, alla s'échouer contre les rochers. C'est alors que, regardant avec attention l'île au-dessus de laquelle se trouvait notre ballon, nous vîmes qu'elle était faite à souhait, comme dit Fénelon, pour le plaisir des yeux. Des forêts de bananiers, d'orangers et de citronniers en couvraient la plus grande partie. Le reste était revêtu d'un gazon plus fin et plus serré que le plus beau gazon d'Angleterre. Au fond des vallées coulaient quatre ou cinq ruisseaux d'une eau limpide, dans laquelle s'ébattaient gaiement des milliers de truites. Enfin, avantage inappréciable ! aucun homme sauvage ou civilisé ne semblait avoir mis le pied dans notre île.

« Je dis notre, car nous n'hésitâmes pas un instant. Dès le premier coup d'œil, Alice jugea qu'elle ne pouvait appartenir qu'à nous. Le gouffre la défend contre toute attaque par mer. Quant à celles qui peuvent venir du ciel, personne, heureusement, ne possède encore l'art de diriger les ballons. »

Quaterquem en était là de son récit, lorsqu'un coup de feu retentit dans l'arsenal ; aussi un tumulte épouvantable s'éleva dans le palais d'Holkar et lui coupa la parole. Louison, qui était couchée sur le tapis et qui regardait le narrateur avec une curiosité mêlée de sympathie, se leva toute droite et dressa les oreilles. Le petit Rama prit un air belliqueux, comme s'il se fût préparé au combat. Moustache se hérissa et se plaça devant Rama, terrible rempart. Corcoran se leva sans rien dire, prit un revolver à crosse d'argent qui était suspendu à la muraille et, voyant que Quaterquem s'armait et allait le suivre, il lui dit d'un air calme :

« Mon cher ami, reste avec les femmes et veille à leur sûreté. Je te laisse Louison. Il n'y a rien à craindre : c'est une sentinelle qui aura fait feu par mégarde. Louison, reste ici, ma chérie, je le veux !... »

IX

Acajou, bon Nègre

De tous côtés les serviteurs de Corcoran couraient en désordre, les uns armés, les autres sans armes, mais tous remplis de terreur et croyant à une attaque imprévue. La vue de Corcoran leur rendit le courage et la confiance.

« Que personne ne sorte ! dit-il. Sougriva, faites cerner le palais, le parc et l'arsenal. »

En même temps, il s'avança d'un pas ferme vers la porte de l'arsenal. C'est là qu'il avait placé Scindiah.

Il aperçut alors avec étonnement un Européen que l'éléphant maintenait avec sa trompe contre le mur et qui essayait inutilement de s'échapper. En regardant de plus près, il reconnut le docteur Scipio Ruskaert.

Corcoran fronça le sourcil. Les soupçons qu'il avait conçus lui revinrent à l'esprit sur-le-champ.

« Que faites-vous là, docteur Scipio ? » demanda-t-il.

Ruskaert, encore serré contre le mur par la trompe de l'éléphant, fit signe qu'il avait perdu la respiration. En réalité, il se donnait le temps de chercher la réponse.

« Lâche-le, mon bon Scindiah », dit Corcoran.

L'éléphant obéit à regret.

« Seigneur maharaja, dit Ruskaert, j'avoue mon tort et ma déplorable curiosité, mais j'en suis cruellement puni. »

En même temps il essayait de sourire et d'échapper au danger d'une explication ; mais Corcoran n'était pas d'humeur à plaisanter.

« Maître Scipio Ruskaert, dit-il d'une voix impérieuse, qu'alliez-vous faire dans l'arsenal ? Pourquoi avez-vous violé la consigne ? par quelle porte êtes-vous entré ?

— Seigneur maharaja, dit l'espion, qui commençait à s'alarmer, il ne faut pas attacher trop d'importance à un accident malheureux. Je vous ai entendu parler souvent de ce merveilleux canon de bronze, d'or et d'argent que les jésuites ont fondu en 1644 pour l'un des ancêtres d'Holkar et qui représente la bataille de Rama contre Ravana et des singes contre les Rakshasas[1], telle que l'a décrite le poète Valmiki. Je vous avoue que je n'ai pas pu résister au désir de pénétrer dans l'arsenal pour dessiner les bas-reliefs de ce canon. Je comptais faire une agréable surprise à toutes les sociétés savantes de l'Europe en publiant mon dessin à cent mille exemplaires. J'aurais dû penser que vous gardiez avec un soin jaloux un trésor si rare et si précieux. »

Cette excuse pouvait être vraie. Corcoran reprit d'un ton plus doux :

« Mais comment êtes-vous entré dans l'arsenal ? Enfin, qui a tiré ce coup de feu ? »

Tout à coup une figure nouvelle sortit de terre et répondit sans avoir été interrogée :

« C'est moi, massa, moi Acajou, bon Nègre. »

Le nouveau venu était un Nègre de la plus grande espèce. Six pieds de haut. Ses bras étaient gros comme des jambes, et ses jambes comme des colonnes. Du reste, une figure pleine de bonhomie, qui riait en montrant ses dents blanches.

« Et que fais-tu là, toi aussi, Acajou, bon Nègre que je n'ai jamais vu ? demanda Corcoran.

— Moi garder le ballon en l'absence de massa Quaterquem, massa. Lui curieux, ajouta-t-il en montrant Scipio, moi fidèle ; lui bien attrapé. Coup de revolver dans le bras. »

1. Épisodes du Ramayana.

Effectivement, le sang coulait du bras du docteur Scipio Ruskaert mais il ne paraissait pas y faire attention ; il s'apprêtait à faire face à un danger bien autrement terrible.

« Voyons, maître Acajou, dit Corcoran, raconte-nous comment l'affaire s'est passée, puisqu'il n'y a pas d'autre témoin que toi et l'éléphant, et que mon pauvre Scindiah n'a pas reçu du ciel le don de l'éloquence. »

Acajou ne se fit pas prier. Il fit passer de sa joue droite à sa joue gauche une chique qui le gênait un peu, et :

« Massa Quaterquem, dit-il, avoir confié à moi la garde du ballon. Moi, voyant ça, dormir de l'œil droit, ouvrir l'œil gauche de toutes mes forces. Lui (désignant Ruskaert) monter sur le mur de l'arsenal, faire des signes à quelqu'un de l'autre côté du mur, sauter à bas dans l'enceinte, fureter partout, écrire notes avec crayon, compter bombes, boulets ; moi, très étonné, ouvrir l'œil droit et regarder avec attention. Lui continuer sa marche, voir le ballon, venir vers moi et vouloir entrer et examiner ressorts mécaniques. Moi trouver lui trop curieux prendre pistolet à ceinture, amorcer, viser et tirer, pan ! juste quand il entrait. Lui, effrayé, vouloir se sauver par la grande porte, mais arrêté par Scindiah. Animal, Scindiah ! mais pas bête !

— C'est bien, maître Acajou ! dit Corcoran. Voici vingt roupies. Massa Quaterquem sera très content de vous. »

La figure du Nègre rayonnait de joie. Il prit les roupies et se mit à genoux devant le maharaja pour le remercier.

« Pour vous, monsieur Scipio Ruskaert, docteur de l'université d'Iéna, suivez-moi en lieu sûr jusqu'à ce que je sache pourquoi vous escaladez les murs de mon arsenal au risque de recevoir les balles des sentinelles.

— Seigneur maharaja, dit l'espion avec une hauteur affectée, songez au droit des gens. Vous rendrez compte de cet abus de pouvoir à la Prusse et à l'Angleterre. Prenez garde !

— Ami Ruskaert, répliqua Corcoran, j'en rendrai compte à Dieu, que je crains beaucoup plus que les Prussiens et les

Anglais réunis. Si vous êtes honnête homme, vous ne devez pas craindre qu'on examine votre conduite ; si vous ne l'êtes pas, vous ne méritez aucune pitié. »

Et comme Sougriva arrivait, suivi de quelques soldats, et conduisant un Hindou prisonnier qui avait les mains liées derrière le dos, Corcoran lui dit :

« Assurez-vous du docteur Ruskaert. Qu'on l'enferme dans une salle du palais. Que deux sentinelles en gardent la porte… Pour plus de sûreté, Louison se mettra en faction avec les deux sentinelles. »

Sougriva éleva ses mains en forme de coupe et répondit :

« Seigneur maharaja, faudra-t-il séparer l'un de l'autre ces deux prisonniers ? »

Ruskaert, qui avait gardé tout son sang-froid jusqu'à l'arrivée de l'Hindou, parut alors troublé pour la première fois. Il fit signe des yeux à l'Hindou, sans doute pour lui recommander le silence ; mais celui-ci demeura immobile et impassible comme s'il le voyait pour la première fois.

Corcoran surprit ce signe.

« Où as-tu saisi cet homme ? demanda-t-il à Sougriva.

— Seigneur maharaja, ce n'est pas moi qui l'ai saisi ; c'est Louison. Tout à l'heure, suivant vos ordres, j'avais fait cerner par les soldats le parc, le palais de l'arsenal lorsque j'ai vu de loin un homme à cheval qui galopait sur la route de Bombay. Cette précipitation m'a donné l'éveil. Ce n'est pas l'usage de courir quand on a la conscience nette. J'ai crié à cet homme de s'arrêter. Il a galopé de plus belle, et comme j'étais à pied, nous aurions sûrement perdu sa trace, lorsque Louison a paru tout à coup.

— Comment donc ! mademoiselle Louison ! interrompit Corcoran avec une feinte sévérité. Je vous avais pourtant bien dit de rester au palais ! »

La tigresse ne se trompa point sur le sens de cette mercuriale. Elle se dressa debout sur ses pattes de derrière, appuya

LAPLANTE

celles de devant sur les épaules de son maître et frotta joyeusement sa belle tête fine et tachetée contre celle du maharaja.

« Seigneur, continua Sougriva, Louison n'a pas plutôt vu de quoi il s'agissait qu'en trente ou quarante bonds elle a dépassé le cavalier et s'est plantée au milieu du chemin pour l'empêcher de passer. Le cheval s'est cabré et a renversé l'homme sous lui. Alors Louison a mis sa griffe sur les épaules de l'homme et l'a maintenu jusqu'à notre arrivée. »

Le docteur Ruskaert et le prisonnier hindou, qui écoutaient ce récit avec beaucoup d'attention, parurent rassurés en voyant que Sougriva n'en savait pas davantage.

« Mais enfin, dit Corcoran, quelle raison as-tu de soupçonner cet homme ? Il est à cheval et il galope ; ce n'est pas un crime.

— Seigneur maharaja, image de Brahma, dit le prisonnier d'une voix suppliante, grâces sur la terre, céleste incarnation de Vichnou, soient rendues à votre générosité. Ce n'est pas vous qui soupçonnez les malheureux et qui maltraitez les faibles ! Par le divin Siva, seigneur, je suis innocent.

— Qui es-tu ? demanda Corcoran.

— Seigneur, je m'appelle Vibisbana et je suis un pauvre marchand parsi de Bombay. Un mauvais sort m'a poussé vers Bhagavapour, où je venais acheter du coton pour mes correspondants anglais. Maudit soit le jour où je suis venu dans vos États, puisque je devais être l'objet de cet odieux soupçon ! »

La figure douce et résignée de ce pauvre homme inspirait la compassion.

« A-t-on trouvé quelque chose de suspect sur lui ? demanda Corcoran.

— Non, seigneur. Rien que des habits et quelque argent.

— Eh bien, qu'on le délie et qu'on lui rende son cheval. »

Sougriva et les soldats se mirent en devoir d'obéir.

X

Des moyens d'avoir un bon domestique

Un éclair de joie illumina les yeux de l'Hindou prisonnier. Ruskaert lui-même, quoiqu'il eût protesté qu'il ne le connaissait pas, parut content de sa délivrance.

Tout à coup un incident nouveau changea la décision de Corcoran.

Le petit Moustache arrivait, tenant à sa gueule une lettre cachetée à la mode européenne. Ces sortes de lettres sont rares à Bhagavapour, de sorte que le maharaja fut étonné. Il prit la lettre, caressa Moustache, regarda l'adresse, reconnut une écriture anglaise et lut avec étonnement ces mots :

A lord Henry Braddock, gouverneur général de l'Hindoustan.

« Eh bien, seigneur maharaja, que vous disais-je ? s'écria Sougriva. Ce papier a dû être jeté derrière un buisson de la route au moment où Louison arrêtait cet homme et Moustache, qui suivait sa mère, l'a ramassé en jouant.

— Voilà qui est étrange ! » s'écria Corcoran.

Il regarda la signature — Doubleface (alias Ruskaert) — et le docteur, qui avait reconnu sa lettre, réfléchit un instant, et commença sa lecture. C'était la lettre dont nous avons donné plus haut le texte.

Pendant cette lecture, Doubleface pâlissait à vue d'œil.

Quand elle fut terminée, Corcoran dit :

« Mettez-lui les fers aux pieds et aux mains. Jetez-le dans le premier cachot venu. Pour le reste, qu'il attende.

— Que faut-il faire du messager ? demanda Sougriva.

— C'est toi qui es ce fameux Baber dont il parle ? demanda Corcoran.

— Eh bien oui, Seigneur, répondit effrontément le prisonnier, je suis Baber. Mais souvenez-vous que le lion généreux ne doit pas écraser la fourmi parce qu'elle l'a piqué au talon. Si vous daignez me faire grâce, je puis vous servir.

— C'est bien, dit Corcoran. Tu peux trahir encore deux ou trois maîtres, n'est-ce pas ? Je m'en souviendrai. »

On emmena les deux prisonniers et Corcoran rentra tout pensif dans le palais.

« Eh bien, demanda Quaterquem, quel est donc ce grand événement qui t'a fait sortir le pistolet au poing ?

— Ce n'est rien, dit Corcoran, qui ne voulait pas inquiéter les deux femmes. Une fausse alerte donnée par une sentinelle ivre d'opium. Mais toi, continua-t-il, d'où te vient cet ami Acajou dont tu ne nous avais pas encore parlé et que je viens d'apercevoir tout à l'heure ?

— C'est la fin de mon histoire, répondit Quaterquem, et j'allais vous l'expliquer lorsque le coup de fusil nous a interrompus.

« Vous vous souvenez du naufrage dont Alice et moi nous avions été témoins. Ce naufrage nous parut un avis du ciel qu'il ne fallait pas négliger. Nous jetâmes l'ancre dans l'île, je dégonflai mon ballon, je le mis à l'abri sous un châtaignier énorme et nous nous avançâmes vers la plage où le vaisseau naufragé était couché sur le flanc comme une baleine échouée.

« Tout l'équipage avait péri, mais nous trouvâmes une grande quantité de provisions de toute espèce, si soigneusement enfermées dans des caisses que l'eau de mer n'avait pu les gâter, et cinq cents barriques de vin de Bordeaux. A cette vue, je ne doutai plus que la Providence ne nous invitât à planter notre tente dans l'île et, avec le consentement d'Alice, qui eut la modestie de ne pas vouloir lui donner son propre nom, je la baptisai île Quaterquem.

« Par un rare bonheur, non seulement la cargaison qui nous tombait du ciel était la plus précieuse que nous puissions désirer, mais encore il nous était impossible d'en retrouver le propriétaire, car la mer avait emporté le bordage sur lequel était écrit le nom du vaisseau et tous les papiers du bord. J'étais donc occupé à faire l'inventaire de notre trésor lorsque j'entendis tout à coup Alice pousser un cri de surprise et une voix d'homme lui dire gravement en anglais :

« "Comment vous portez-vous, madame ?"

« Jamais on ne fut plus étonné. Je me retourne, et je vois un homme d'âge mûr, fait, taillé, sculpté, habillé, rasé comme un ministre protestant et suivi d'une femme encore belle, mais d'âge assorti au sien, et habillée avec le soin le plus scrupuleux, à la mode de 1840. Derrière eux venaient, par rang de taille, neuf enfants de quinze à trois ans : six filles et trois garçons. C'était toute la population de l'île.

« A parler franchement, je ne fus pas très heureux de la rencontre. Comment ! j'avais fait le tour du monde pour trouver une île inaccessible ; j'y entre, et du premier coup j'y rencontre onze Anglais grands et petits ; vraiment, c'était jouer de malheur. Alice riait de ma mésaventure : au fond, elle n'était pas fâchée de voir des compatriotes.

« "Monsieur, dis-je à l'Anglais, par quel chemin êtes-vous arrivé ici ?

« — Par mer. Nous avons fait naufrage, ma chère Cecily et moi, le 15 juin 1840 ; six mois après que Dieu m'eut fait la grâce de m'accorder sa main en légitime mariage. Nous étions venus dans l'Océanie pour évangéliser les sauvages des îles Viti ; j'avais même un chargement de bibles à cette intention. Mais notre vaisseau, le *Star-of-Sea*, se perdit dans le gouffre que vous voyez et nous échappâmes seuls à la mort, Cecily et moi. Heureusement nous n'avons pas perdu courage ; nous avons défriché deux ou trois cents acres de terre, nous avons bâti une maison à laquelle j'ajoute un pavillon tous les deux ans, lorsque par la bénédiction du Très-Haut je vois ma famille s'augmenter d'un nouveau rejeton. Enfin, si je pouvais donner des maris à mes filles et des épouses à mes fils, je n'envierais rien aux plus fortunés patriarches. Mais vous, êtes-vous seuls échappés au naufrage ?

« — Nous sommes venus par le chemin des airs", répondit Alice.

« Et elle expliqua qui nous étions et ce que nous cherchions. Le ministre se jeta à genoux avec toute sa famille en remerciant le ciel.

« "Mais nous allons repartir, lui dis-je. Je veux que mon île soit déserte.

« — C'est bien ainsi que je l'entends, répliqua l'Anglais. Combien estimez-vous mon île à peu près ?

« — Je ne veux pas l'acheter. Gardez-la. Je pars.

« — Au nom de Dieu, s'écria-t-il, prenez-la pour rien si vous voulez, mais emmenez-nous hors d'ici. Cecily, qui n'a pas pris une tasse de thé depuis vingt ans, ne veut pas rester une minute de plus."

« Sa proposition me convenait à merveille.

« "Voyons, lui dis-je, cent mille francs, est-ce assez pour votre île ?

« — Cent mille francs ! s'écria-t-il. Ah ! monsieur, que toutes les bénédictions du ciel vous accompagnent ! Quand partons-nous ?

« — Laissez-moi le temps de visiter ma nouvelle propriété. Nous partirons demain. Je vous déposerai à Singapour.

« — Il me tarde, dit l'Anglais, de lire le *Times* et le *Morning Post*.

« — Oh ! s'écria Cecily, et nous aurons du thé et des sandwiches !"

« A la pensée de goûter cette félicité, les six jeunes Anglaises et les trois petits Anglais se léchèrent voluptueusement les lèvres.

« “Je serai heureux, dit le père, que vous veuillez bien accepter pour ce soir notre modeste hospitalité.”

« En même temps il nous montra le chemin. Sa maison, qui se composait d'un simple rez-de-chaussée commodément distribué, était fort grande et flanquée de plusieurs pavillons irréguliers, mais propres et d'un aspect agréable. A première vue, je reconnus que je n'avais pas fait une mauvaise affaire.

« Le dîner fut très bon et très varié ; le vin surtout était exquis, car la mer, en jetant sur les bords de l'île des épaves de tous les naufrages, se chargeait de garnir la cave du révérend missionnaire. La conversation fut joyeuse et animée ; nos hôtes se réjouissaient de quitter l'île et moi, je me réjouissais encore davantage de m'y établir. Alice raconta au révérend les nouvelles du monde entier depuis vingt ans.

« “Sa Gracieuse Majesté Victoria vit-elle encore ? demanda-t-il. Et Sa Grâce l'immortel duc de Wellington ? Et sir Robert Peel, baronnet ? Et le vicomte Palmerston ? Les whigs sont-ils au pouvoir, ou les tories[1] ?” etc.

« Enfin les questions cessèrent et nous allâmes nous coucher. Dès le lendemain j'emmenai toute la famille à Singapour et, tout couvert de leurs bénédictions, je les déposai sur le quai avec un bon de cent mille francs payable chez MM. Cranmer, Bernus and Co. Quelques jours après, le révérend Smithson, suivi de ses neuf petits Smithson et de sa femme, partit pour évangéliser une tribu de Papous que les voyageurs venaient de signaler dans la terre de Van-Diemen.

« La promptitude avec laquelle le révérend Smithson m'avait concédé son île, dont il était pourtant seul proprié-

1. Le parti *whig* et le parti *tory* constituaient les deux grandes familles politiques anglaises, le premier de tendance « libérale », l'autre plus « conservateur ».

taire, n'ayant à payer d'impôts ni pour le gouvernement, ni pour l'administration, ni pour les bureaux, ni pour l'armée, ni pour la police, ni pour la gendarmerie, ni pour le gaz, ni pour l'entretien des routes, ni pour le pavage des rues, ni pour quelque objet que ce fût, utile, inutile ou nuisible, cette promptitude, dis-je, me suggéra quelques réflexions.

« Que manquait-il à ce brave homme ? N'avait-il pas à satiété le boire et le manger, un climat très doux, une terre fertile, une sécurité parfaite, une liberté sans limites et une famille bien portante qui s'accroissait sans fin et sans mesure ? Ne pouvait-il pas jouer au cricket dans la journée et au whist après le coucher du soleil ? Évidemment, ce qui le chassait de mon île, c'était l'ennui de ne voir autour de lui que des petits Smithson, de n'entendre que les discours de Mme Smithson et de n'avoir pas l'ombre d'un voisin qu'il pût aimer ou haïr. En un mot, il subissait le supplice de ce grand prince trop continuellement obéi, qui disait à son Premier ministre : "Contredis-moi donc une fois si tu peux, afin que nous soyons deux."

« D'autre part, ma chère Alice, qui est une excellente musicienne, pleine d'esprit, de grâce, de bonté, de piété, n'a pas le moindre talent pour faire la cuisine.

« Comme elle a reçu plus d'un million en dot, elle a toujours cru que les biftecks naissaient tout cuits. (Ne dis pas non, ma chère ; c'est l'éducation qu'on donne aux plus charmantes filles de France, et Dieu sait où cela les mène !) D'où il suit que j'avais besoin de quelqu'un pour la servir. C'est alors qu'il me vint une idée dont vous admirerez certainement la profondeur.

« Prendre à mon service et transporter dans mon île des domestiques ordinaires était chose impossible. Personne n'aurait voulu s'enfermer là, à la condition de n'en sortir qu'avec ma permission. J'avais besoin d'une famille assez persécutée pour que cette réclusion lui parût un bienfait et assez honnête pour ne pas oublier le bienfaiteur. C'est parmi les condamnés à mort que je cherchai le phénix dont j'avais besoin.

« En moyenne, on peut compter que le bourreau abat légalement environ cinq cents têtes par jour, sur toute la surface du globe. Il y a du plus ou du moins, selon les jours, mais enfin c'est la moyenne. Naturellement, ceux qu'on pend, qu'on roue, qu'on écartèle, qu'on empale et qu'on met à la broche sont compris dans ce chiffre, mais non pas ceux qu'on tue à coups de fusil sur le champ de bataille au son des tambours et des trompettes, et en criant "Vive le roi !" ou "Vive l'archiduc !"

« Or, de cinq cents pauvres diables, vous m'accorderez bien qu'un dixième au moins n'a rien fait pour mériter la corde, le pal ou la guillotine. C'est même bien peu, si l'on considère que la justice française est la seule qui — de son propre aveu — ne se trompe jamais. Il s'agissait donc de mettre la main sur un de ces cinquante innocents et de lui sauver la vie. Je remontai en ballon avec ma chère Alice et nous recommençâmes notre voyage de circumnavigation autour du globe.

« Mais, dit Quaterquem en s'interrompant, si vous voulez savoir le reste de l'histoire, faites venir Acajou. »

Le Nègre ne tarda pas à paraître et, sur l'invitation de Quaterquem, continua en ces termes :

« Moi Nègre, fils de Nègre. Grand-père roi du Congo. Père enlevé par les Blancs et fouetté, ce qui fait pousser le coton et le café. Moi, Acajou, bon Nègre, né au Bayou Lafourche en Louisiane. Content de vivre. Poisson salé pendant la semaine, petit-salé le dimanche. Coups de fouet trois fois par mois ; moi rire du fouet, avoir bon dos, peau dure, patience, et danser la bamboula tous les soirs dans la belle saison.

« A seize ans, moi très content. Voir Nini. Aimer Nini.

Porter la hotte de Nini, le seau de Nini, le balai de Nini. Obtenir la permission de balayer la maison pour Nini. Moi danser tout seul avec Nini, chercher querelle à mes amis pour Nini, boxer pour Nini, avoir l'œil poché pour Nini, prendre du sucre et du café dans le buffet pour Nini en l'absence des maîtres, danser sur la tête et les mains pour amuser Nini, et demander à Dieu de m'accorder Nini.

« De son côté, Nini coquette. Nini dire à moi que je l'ennuie. Nini rire avec Sambo, vanter Sambo, bambouler avec Sambo, accepter le collier de Sambo. Moi très en colère. Offrir belle robe à Nini, et Nini abandonner Sambo. Moi demander Nini en mariage et obtenir. Mariage fait. Moi très heureux. Nini petite femme à moi, Nini caresser le menton d'Acajou, aimer Acajou, faire le bonheur d'Acajou. Moi remercier bon Dieu et faire la nique à Sambo.

« Sambo, lui, très sombre, rien dire. Penser beaucoup. Préparer trahison. Dénoncer Acajou au maître, faire fouetter Acajou trois fois par semaine. Peau d'Acajou tigrée comme peau de zèbre. Acajou accusé de tout. Cheval boiteux, Acajou ; chien de chasse perdu, Acajou ; argenterie volée, encore Acajou, et toujours Acajou.

« Grand malheur. Maître assassiné dans un bois, près de sa maison. Qui a fait le coup ? Sambo accuser Acajou. Acajou bon Nègre, pas savant, ne pas savoir se défendre. Blancs arriver par troupes, deux ou trois cents à cheval, revolver à la ceinture. Écouter Sambo. Croire Sambo, appeler le juge Lynch. Saisir Acajou, lier les pieds et les mains, apprêter corde avec nœud coulant, et engager Acajou à plaider sa cause. Acajou bon Nègre, plus bête que méchant, rien dire, être condamné à mort, avoir grand-peine, pleurer beaucoup, implorer bon Dieu, penser à Nini qui nourrit petit enfant d'Acajou, embrasser Nini, dire adieu à toute la terre, maudire perfide Sambo, réciter dernière prière, et s'apprêter à faire *couic ! couic !* pendu par le cou et remuant les jambes.

« Tout à coup, entendre crier : “Au feu ! Au feu !” Blancs se disperser pour voir ce que c’est, et l’ange du bon Dieu, massa Quaterquem, descendre du ciel, couper liens, faire monter Acajou en ballon, et rire du juge Lynch, à cinq cents pieds en l’air. Pas plus de feu que sur la main. Blancs revenir furieux, voir la corde d’Acajou coupée, tirer des coups de fusil sur le ballon. Acajou rire de tout son cœur. Acajou sauvé, massa Quaterquem revenir la nuit suivante emmener Nini et Zozo, l’enfant de Nini. Acajou baiser les pieds de massa Quaterquem, et offrir de le suivre au bout du monde. Nini suivre Acajou et Zozo suivre Nini. Massa Quaterquem alors transporter Acajou, Nini et Zozo dans son île. Acajou très content. Travailler, bêcher, labourer la terre, panser les petits poneys de massa Quaterquem. Nini faire la cuisine, bonne cuisine ; Nini très friande. Zozo tremper ses petits doigts dans la sauce et barbouiller ses joues de confitures. Nini très contente, appeler Zozo polisson et admirer Zozo. Acajou et Nini travailler trois ou quatre heures par jour, pas davantage. Jamais fouetté. Massa Quaterquem emmener Acajou dans ses voyages. Acajou garder ballon. Acajou donner sa vie pour massa Quaterquem. »

XI

Deux chenapans

Après ce récit naïf, qui fit rire plus d'une fois les assistants, Alice et Sita se retirèrent chacune de son côté. Corcoran avait fait préparer le plus bel appartement du palais d'Holkar pour son ami. Au moment où Quaterquem se levait, le maharaja le retint par le bras et lui dit :

« Reste, j'ai besoin de toi. Prends ce cigare et écoute-moi. »

Il lui fit alors le récit de ce qui s'était passé dans la journée et lui montra la lettre de Doubleface à lord Henry Braddock.

« Que ferais-tu à ma place ? demanda-t-il enfin.

— Si j'étais à ta place, répliqua son ami, je renoncerais au bonheur de gouverner les hommes ; je placerais les cinquante millions de roupies — c'est la somme que t'a léguée, je crois, ton défunt beau-père Holkar — sur le trois pour cent français ; je garderais, comme argent de poche, cinq ou six cent mille roupies en bonnes quadruples d'Espagne bien sonnantes et trébuchantes ; je prierais mon ami et cousin Quaterquem de me céder la moitié de son île et trois places dans son ballon, l'une pour Mme Sita, l'autre pour moi, la troisième pour le jeune Rama ; je ferais mes adieux à mes loyaux et fidèles sujets en termes nobles et attendris, enfin je proclamerais la république avant mon départ, afin de laisser aux mains des Anglais un chat aux griffes puissantes, dont on ne se rend pas maître comme on veut.

— C'est ce que je ferais, dit le maharaja en secouant la tête, si j'étais Quaterquem ; mais étant Corcoran…

— Oui, étant Corcoran et Breton, tu t'entêtes et tu veux jouer un mauvais tour aux Anglais. Je comprends cette idée, oh ! oui… mais alors si tu as pris ton parti, pourquoi me demandes-tu conseil ?

— As-tu jamais lu, demanda Corcoran, l'histoire d'Alexandre le Macédonien ?

— Un conquérant dont tous les historiens parleront, que tous les imbéciles admireront, que tous les voleurs de grands chemins copieront, et qui rayonne comme un phare dans les ténèbres de l'Antiquité.

— Et celles de Gengis Khan et de Tamerlan ?

— Deux braves qui ont fait couper plus de têtes qu'un évêque n'en pourrait bénir en trois mille ans, et qui ont acquis une gloire immortelle.

— Parfait. Eh bien, moi, Corcoran, Malouin de naissance, Français de nation, marin de profession, échoué par hasard sur la côte de Malabar et devenu, je ne sais comment, propriétaire de douze millions d'hommes, je veux imiter et surpasser Alexandre, Gengis Khan et Tamerlan ; je veux qu'il soit parlé de mon sabre aussi bien que de leur cimeterre ; je veux rendre la liberté à cent millions d'Indiens et s'il m'en coûte la vie, eh bien, je serai heureux de mourir glorieusement, tandis que tant de créatures humaines meurent de faim, de soif, de fièvre, de misère, de choléra, de goutte ou d'indigestion. Et pour commencer, que dois-je faire de M. George William Doubleface, Esq., qui m'espionne pour le compte du gouvernement anglais et qui veut me faire assassiner par son digne ami Baber ?

— Avant tout, il faut les confronter l'un avec l'autre, et si la confrontation amène la conviction, eh bien, cher ami, la potence n'est pas faite pour les chiens.

— Tu as raison. »

Corcoran frappa sur un gong.

« Ali, dis à Sougriva d'amener les prisonniers. »

Ali obéit. Doubleface et Baber entrèrent l'un après l'autre dans la salle, les mains liées derrière le dos et suivis de douze soldats. Doubleface gardait sa contenance impassible ; Baber, plus humble en apparence, paraissait néanmoins avoir fait d'avance le sacrifice de sa vie.

« Monsieur Doubleface, dit le maharaja, vous connaissez le sort qui vous attend.

— Je sais, dit l'Anglais, que je suis dans vos mains.

— Vous connaissez cette écriture ?

— Pourquoi le nier ? la lettre est de moi.

— Vous savez, je suppose, quel est le châtiment des traîtres, des espions et des assassins ? »

L'Anglais ne sourcilla pas.

« Avec la lettre que voilà, continua Corcoran, je pourrais vous faire empaler et jeter à la voirie, comme un chien, cependant je vous offre votre grâce, à une condition, bien entendu.

— J'espère, dit Doubleface en se redressant, que cette condition ne sera pas indigne d'un gentleman.

— J'ignore, répliqua le maharaja, ce qui peut être digne ou indigne d'un gentleman tel que vous ; mais enfin voici ma condition. Vous me donnerez l'original des instructions de lord Henry Braddock, ou si cet original n'existe plus, vous m'en donnerez une copie exacte, certifiée par votre témoignage et votre signature.

— C'est-à-dire que vous m'offrez la vie à condition que je déshonore mon gouvernement ? Je refuse.

— Vous êtes libre. Sougriva, fais préparer la potence. »

Sougriva sortit avec empressement.

« A nous deux maintenant, mon cher monsieur Baber, continua Corcoran. Tu vois qu'il s'agit de choses sérieuses. Sois sincère si tu veux que je te pardonne.

— Seigneur, dit Baber, qui se prosterna contre terre, la sincérité est ma vertu principale.

— Cela donne une fameuse idée de tes vertus secondaires,

continua Corcoran. Mais avant tout, il faut que tu saches ce que l'Anglais, ton complice, préparait contre toi, si tu avais réussi à m'assassiner. »

Et il lut à haute voix le passage de la lettre de Doubleface, où celui-ci se déclarait prêt, aussitôt que Corcoran aurait été tué, à faire exécuter Baber si c'était nécessaire.

Cette lecture remplit de rage le cœur de l'Hindou. Ses yeux étincelants semblaient vouloir dévorer l'Anglais.

« Tu vois, reprit Corcoran, quels ménagements tu dois à ce gentleman. Parle maintenant.

— Seigneur, s'écria Baber, lumière incréée de l'Éternel, image du resplendissant Indra, cet homme m'a tenté. Par ses conseils, j'ai réuni trente de mes anciens compagnons d'infortune, obligés, comme moi, de fuir, dans les bois et dans les déserts, la justice toujours incertaine des hommes. C'est dans douze jours que nous devions pénétrer dans le palais. Un corps d'armée commandé par le major général Barclay et réuni, sous prétexte de grandes manœuvres militaires, à quinze lieues de la frontière, devait faire son entrée aussitôt après votre mort. En attendant, plusieurs zémindars, liés par un traité secret avec les Anglais, se tenaient prêts à saisir Bhagavapour, la reine Sita, votre fils et vos trésors. Vous savez tout. Je ne vous demande qu'une grâce, seigneur maharaja, c'est, avant d'être pendu moi-même, de voir pendre cet Anglais doublement traître envers vous et envers moi.

— Tu le détestes donc bien ? demanda Corcoran.

— Ordonnez qu'on me délie les mains, s'écria Baber, et qu'on me permette de l'étrangler moi-même.

— C'est une idée, cela, dit Quaterquem.

— Et même une assez bonne, continua le maharaja en riant, et qui m'en suggère une autre. Monsieur Doubleface, connaissez-vous le maniement du sabre ?

— Oui, dit amèrement l'Anglais, et si j'étais libre et armé…

— Oui, oui, j'entends, dit Corcoran en riant, vous êtes

de ceux qu'il n'est pas bon de rencontrer au coin d'un bois. Eh bien, nous verrons demain ce que vous savez faire ainsi que Baber. Les conditions ne sont pas tout à fait égales, car vous me paraissez bien supérieur à ce pauvre diable ; mais j'aurai soin d'égaliser les chances. Le combat ne pourra pas durer plus d'une heure. Aussitôt l'un des deux tué, je ferai grâce au survivant. Si personne n'est tué, vous serez empalés tous les deux. Et maintenant, mes bons amis, allez dormir, si vous pouvez. Sougriva, tu me réponds de ces deux chenapans sur ta tête. »

Sougriva éleva les mains en forme de coupe et sortit emmenant ses prisonniers.

« Maintenant, mon cher ami, dit Corcoran à Quaterquem, nous sommes seuls. Toute l'Inde est endormie ou va dormir. J'en ai fini avec les traîtres et les espions, causons librement. »

XII

Révélation inattendue

« Il me tardait, dit Quaterquem, d'être seul avec toi… Qu'as-tu donc pu faire aux Anglais pour exciter leur bile à ce point ? Partout où je vais, leurs journaux te traitent comme un successeur de Cartouche et de Mandrin, leurs espions surveillent tes actions, leurs soldats vont marcher contre toi. Ce matin, en passant au-dessus de Bombay, j'ai vu des préparatifs immenses. Les canons se comptaient par centaines, les voitures de toute espèce par dizaines de mille et, ce qui est plus significatif encore, l'armée qu'on réunit contre toi n'est composée, sauf sept régiments sikhs et gorkhas, que de troupes européennes, c'est-à-dire de l'élite de l'armée anglo-indienne. Assurément, je n'ai pas de passion pour ce peuple orgueilleux et renfrogné ; mais il faut se supporter entre voisins… Tiens, permets-moi de me citer pour exemple. J'avais autrefois, rue Mazarine, un portier de la pire espèce, bourru, grognon, malfaisant. Passé dix heures du soir il fermait sa… c'est-à-dire ma porte. Il ne l'ouvrait pas avant sept heures du matin. Dans l'intervalle, s'il m'arrivait d'aller au spectacle ou de m'attarder dans les rues, j'étais forcé de coucher chez mes amis et un soir moins heureux, j'ai couché au violon…

— Mon ami, interrompit Corcoran, tu termineras demain l'histoire de ton portier. Écoute les choses sérieuses que je veux te dire et qui t'expliqueront la haine des Anglais. Tu sais ou tu dois savoir que je suis arrivé à l'empire, comme Saül, fils de Kis, qui cherchait des ânesses et qui trouva un royaume. Mes ânesses, à moi, c'était le fameux manuscrit du Gouroukaramtâ, soupçonné par Wilson, signalé par Colebrooke, inutilement cherché par vingt orientalistes anglais. Sur la route j'ai rencontré Holkar et j'ai sauvé sa fille et son royaume. Jusque-là, rien que de fort ordinaire ; mais voici un secret que je n'ai encore dit à personne, secret terrible, secret redoutable qui peut me coûter la vie ou me donner le plus beau trône de l'Asie. C'est Holkar mourant qui me l'a confié, en me faisant jurer que je vengerais sa mort.

« Au temps où Bonaparte, général en chef de l'armée d'Egypte, méditait la conquête de l'Inde, il fit alliance avec Tipoo Sahib, sultan de Mysore. Celui-ci crut qu'il allait être secouru par la France ; ce qui précipita sa perte. Les Anglais, avertis par leurs espions, se hâtèrent de l'attaquer dans Seringapatam, sa capitale. Il fut tué pendant l'assaut.

« Tipoo Sahib, quoique musulman, était un esprit fort, et mettait toutes les religions au service de sa politique. Il avait eu l'adresse de créer une immense société secrète qui s'étendait dans tout l'Hindoustan et qui regardait l'extermination des Anglais comme une œuvre divine. Sa mort arrêta une révolte générale qui était près d'éclater et pendant quelques années, l'association dont il était l'âme parut dissoute ; mais un de ses serviteurs fidèles, qui voulait le venger, révéla le secret au père d'Holkar, qui dès lors devint le chef réel et l'espoir des Hindous.

« Les Anglais, toujours sur leurs gardes, devinèrent ses desseins et l'attaquèrent avant qu'il fût prêt, au moment où il allait conclure une alliance avec le fameux Runjeet Sing, qui devait les aborder par le nord-ouest, pendant qu'il ferait révolter le centre et le sud de l'Inde. Le grand malheur de ce pauvre pays, c'est que, grâce à la variété des races et des religions, qui se détestent mutuellement, on y trouve facilement des traîtres. Holkar trahi fut vaincu et tué avec deux de ses fils. Runjeet Sing reçut dix millions de roupies pour rester neutre. Mais les Hindous, indignés, ne voulurent pas reconnaître d'autre chef que le jeune Holkar, troisième fils du défunt, et les Anglais, contents de ce premier succès, n'osèrent pas pousser leur ennemi au désespoir. On lui prit la moitié de ses États, cinquante millions de roupies, et on lui donna pour surveillant le colonel Barclay, celui qui vient de se signaler dans la révolte des cipayes et qu'on a fait major général.

— Oui, dit Quaterquem, et la révolte a éclaté, et les cipayes ont été pendus et Holkar a été tué, comme l'avaient été avant lui son père et Tipoo Sahib ; et toi, Corcoran, natif de Saint-Malo, tu vas te faire trahir et tuer comme tes prédécesseurs. Mon ami, tu es fou. Viens dans mon île ; il y a place pour deux. Nous y vivrons tranquillement en jouant aux quilles en été et au billard en hiver, ce qui est le vrai but de la vie. Et si mon île te déplaît j'en ai découvert une autre dans le voisinage, presque aussi inaccessible et aussi belle que la mienne. Je te l'offre. »

Corcoran regarda quelque temps son ami sans rien dire. Puis il haussa doucement les épaules :

« Mon cher Quaterquem, quand je serais certain d'échouer et d'être fusillé dans dix jours, je n'en ferais pas moins ce que je fais. Mais ne me prends pas pour un rêveur. Connais-tu cet autographe ?

— C'est la signature de Napoléon lui-même ! s'écria Quaterquem étonné.

— Lis maintenant le titre de ce manuscrit.

— *Liste des étapes de l'armée française, de Strasbourg à Calcutta par voie de terre, écrite sous la dictée de Sa Majesté Napoléon I*[er]*, empereur des Français, roi d'Italie, protecteur de la Confédération du Rhin, médiateur de la Confédération helvétique, et signée de la propre main de Sa Majesté. Paris, 15 avril 1812.*

— Cette note, mon ami, est écrite de la main de M. Daru,

intendant général de l'armée. Les agents de Napoléon, Lascaris[1] entre autres, qui parcourait la Syrie et le désert sous le nom de Cheikh Ibrahim, avaient d'avance éclairé la route et préparé les peuples à de grands événements. Dans les vastes plaines de la Mésopotamie, chez les Wahabites, dans les montagnes de la Perse, du Khoraçan et du Mazanderan, on savait que l'invincible sultan Bounaberdi, le bras droit d'Allah, allait jeter les Anglais à la mer, et tout le monde était prêt à lui fournir des vivres, des bêtes de somme et même des renforts, soit par obéissance aux décrets d'Allah, soit par la haine contre les Anglais ; car, il faut leur rendre cette justice, que s'ils cessaient un instant d'être les plus forts dans l'Inde, on les hacherait menu comme chair à pâté.

« Voici en résumé quel était le plan de Napoléon, dont une copie fut remise au père d'Holkar par un agent secret qui traversa toute l'Inde déguisé en fakir :

« Napoléon, partant de Dresde, alla rejoindre son armée sur le Niémen. De là, pénétrant en Lituanie, il coupait en deux et prenait la grande armée russe. Il s'en fallut de quelques heures de marche, comme tu sais, que ce plan ne réussît, ce qui aurait mis Pétersbourg, Moscou et le czar même à la discrétion de Napoléon. Ce premier point obtenu, le reste était facile. Le czar rendait sa part de Pologne et l'Autriche la Galicie. La Pologne entière, remise sur ses pieds montait à cheval pour suivre Napoléon. Mais ne crois pas qu'on laissât le czar sans compensation. Tu vas voir quel présent on lui faisait ! La Chine ! Tu ouvres de grands yeux. Mon ami, rien n'était plus facile. La Chine est à qui veut la prendre. C'est un grand corps sans âme. J'ai vu et je sais des choses… J'ai des projets pour l'avenir… Napoléon avait fort bien

1. Tous ceux qui ont lu le *Voyage en Orient* de M. de Lamartine savent que Lascaris, ancien chevalier de Malte, attaché à la personne de Napoléon et envoyé par lui en Orient après le traité de Tilsit, est un personnage historique. Si Napoléon avait vaincu les Russes et les Anglais, Lascaris serait aujourd'hui plus célèbre que Talleyrand et Metternich. *(Note de l'auteur.)*

discerné, malgré la distance, qu'un empire immense où tout est classé, étiqueté, parafé, enregistré, où toutes les actions de la vie sont prévues et toutes les heures du jour employées par les rites, où cent mille Tartares à cheval montent la garde autour du souverain et suffisent pour épouvanter trois cent cinquante millions d'hommes, Napoléon, dis-je, savait bien qu'un tel empire est la proie du premier venu. C'est pourquoi il en offrait la moitié à son compère Alexandre, mais la moitié seulement, et encore était-ce le nord de l'empire, qui est froid et rempli de steppes. Sans le dire, il se réservait le reste, c'est-à-dire tout ce qui est au sud du fleuve Houang-Ho. A la Chine méridionale, il ajoutait la Cochinchine et l'Inde, de façon que tout le continent de l'Asie eût été partagé entre ces deux maîtres, Alexandre et Napoléon.

« Naturellement, les Turcs, étant sur son passage, auraient été les premiers sacrifiés. Pour apaiser l'Autriche, qui devenait vassale, et surtout pour l'opposer à la Russie, on lui faisait aussi sa part, qui était la vallée du Danube, de la source à son embouchure. Puis Napoléon, entraînant sur ses pas la cavalerie hongroise et polonaise, entrait dans Constantinople comme dans un moulin. Tu sais qu'il a rêvé toute sa vie d'être empereur de Constantinople. C'est ce qui l'a brouillé avec le czar, qui faisait juste le même rêve.

« Il avait déjà la France et l'Italie ; par son frère Joseph il espérait avoir l'Espagne. Tanger, Oran, Alger et Tripoli n'auraient fait qu'une bouchée. L'Egypte l'attendait, le connaissant déjà, et l'isthme de Suez, que M. de Lesseps perce aujourd'hui avec tant de peine, eût été coupé en six mois. Déjà ses ingénieurs avaient retrouvé les traces d'un vieux canal maintenant ensablé et qui date sans doute du feu roi Sésostris. Enfin, de gré ou de force, la mer Méditerranée était à lui, et du haut de Gibraltar les Anglais auraient vu passer ses flottes sans pouvoir les arrêter au passage.

— Qui t'a révélé ces beaux projets de Napoléon, demanda Quaterquem, et de qui tiens-tu ces confidences, qu'il n'a sans doute faites à personne ?

— Me prends-tu pour un romancier ? répliqua le maharaja. T'imagines-tu que je m'amuserais à prêter à ce grand homme des idées de mon cru ? Sache d'abord que Napoléon a toujours été fort mal connu jusqu'ici. Cet homme, qu'on a toujours cru si positif, n'était au fond qu'un grand poète et un mathématicien distingué. Comme poète, il avait des fantaisies sans limites ; comme mathématicien, il enveloppait ses fantaisies d'une apparence de précision et de calcul qui éblouissait le sens commun des imbéciles.

— Tu as probablement raison, dit Quaterquem. Mais encore une fois, qui t'a révélé les projets de Napoléon ?

— Lui-même, mon cher ami ; oui, lui-même, car, outre la note que tu viens de voir, et qui fut écrite par Daru sous la dictée du maître, il en est une plus complète encore et plus secrète, pour laquelle il n'a pas voulu emprunter la main d'un secrétaire. Tiens, lis toi-même. Voici la dépêche à Lascaris, son seul confident. M. de Lamartine, mal informé, a cru que les Anglais avaient saisi les papiers de Lascaris au Caire après sa mort. C'est le consul anglais qui répandit ce bruit à dessein, pour arrêter les recherches ; mais ces papiers précieux existent encore. Les voici. Lascaris mourant avait chargé un ami de les porter au gouvernement français ; mais cet ami se voyant surveillé et craignant les pièges de Mehemet-Ali, alors pacha d'Égypte, s'enfuit à Suez, s'embarqua sur un bateau ponté et, ne sachant à qui confier ce précieux dépôt, fit voile vers l'Inde et le remit aux mains d'Holkar lui-même.

« La dépêche de Napoléon est si claire, si ferme, si précise, a si bien prévu tous les incidents qui pouvaient survenir qu'on le reconnaîtrait au style, quand la signature et l'écriture n'indiqueraient pas le véritable auteur.

— Mais quel usage veux-tu faire des plans de Napoléon ?

— Les exécuter, mon cher ami.

— As-tu comme lui douze cent mille hommes à ta disposition ?

— J'ai l'Inde, qui semble assoupie, mais qui veille comme un boa constricteur, nonchalamment étendue au soleil et prête à se jeter sur sa proie. Songe que je suis aux yeux de ces pauvres gens la onzième incarnation de Vichnou. Depuis deux ans, des milliers de brahmines et de fakirs de toute espèce annoncent sous main aux Hindous que Vichnou lui-même s'est incarné pour les délivrer. On fait sur moi des légendes. On dit, et je laisse croire, car il n'y a rien de plus utile, que les balles s'aplatissent et que les sabres s'émoussent en me touchant. Deux ou trois affaires où j'ai payé de ma personne et dont je me suis tiré avec bonheur m'ont fait une réputation incroyable. Tu trouveras dans Bhagavapour cent personnes qui jurent m'avoir vu, de leurs yeux vu, jeter des flammes par la bouche et brûler le camp des Anglais. D'autres m'ont vu mettre en fuite, à coups de cravache, toute la cavalerie anglaise. Plus ces histoires sont absurdes, plus on s'empresse d'y croire. Ces pauvres Hindous, en quête d'un héros et d'un vengeur, se sont précipités sur moi. Enfin si les Anglais avaient attendu encore trois ou quatre ans, leur ruine était certaine, car toute l'Inde aurait été en armes et sous mes ordres.

— Oui, mais ils connaissent tes desseins, et ils vont te prévenir. Tu as vu la lettre de ce coquin de Doubleface ?

— Celui-là du moins payera pour tous, dit Corcoran. Demain matin, après déjeuner, je te promets un spectacle amusant. »

XIII

De l'éducation et des manières de M. William Doubleface, Esq.

Le lendemain, dès huit heures du matin, Quaterquem fut éveillé par un bruit de tambours et de trompettes. Tout le peuple remplissait les rues et les places de Bhagavapour. En même temps, dans la grande cour du palais, piaffaient d'impatience les chevaux arabes et turcs de Corcoran.

Quaterquem interrogea l'un des serviteurs.

« Seigneur, dit l'Hindou, c'est le maharaja qui donne une grande fête à son peuple.

— De quelle fête veux-tu parler ?

— C'est aujourd'hui que nous allons voir pendre l'Anglais.

— Pauvre Doubleface ! » dit Quaterquem.

Il s'habilla en toute hâte pour ne rien perdre du spectacle qui se préparait. Corcoran l'attendait déjà et le déjeuner était servi. Alice et Sita s'assirent en face des deux amis.

« Ne pourriez-vous pas, en ma faveur, lui faire grâce et le renvoyer à Calcutta ? dit Alice. C'est un compatriote, après tout. Et vous, ma chère Sita, ne ferez-vous rien pour ce malheureux qui va périr ?

— Vichnou m'est témoin, dit la douce et charmante fille d'Holkar, que j'ai le sang versé en horreur ; mais je croirais trahir Corcoran lui-même si je lui demandais la vie de cet assassin.

— Pour moi, dit Quaterquem, qui voudrais voir pendre tous les traîtres de la création, je ne suis pas fâché qu'on commence par celui-là.

— Au reste, ajouta Corcoran, qui s'était tu jusque-là, il lui reste encore une planche de salut. Qu'il s'y accroche, s'il le veut. Qu'il trahisse son gouvernement après m'avoir trahi ; une trahison de plus ou de moins, pour un Doubleface, ce n'est rien. »

En même temps il ordonna qu'on fît venir le prisonnier.

Doubleface se présenta d'un air fier. Il était suivi de Baber. Tous deux avaient les fers aux pieds et aux mains.

« Vous savez ce qui vous attend ? demanda Corcoran.

— Je m'en doute, répondit l'autre.

— Vous savez à quel prix vous pouvez sauver votre vie et même votre liberté ?

— Je le sais. Pendez-moi.

— Je suis fâché, dit Corcoran, que vous ayez consenti à faire un pareil métier, car vous êtes un brave.

— Peuh ! dit Doubleface, on fait le métier qu'on peut. Si j'étais né fils de lord, je serais général d'armée, gouverneur de l'Inde, de Gibraltar ou du Canada ; je dirais en public des choses dénuées de sens et je serais applaudi comme un politique de la plus haute volée ; je chasserais le renard avec tous les gentlemen du comté ; je présiderais tous les banquets, je porterais des toasts à toutes les dames. Mais le sort ne l'a pas voulu. Personne n'a connu mon père. Ma mère m'a élevé, Dieu sait comment, dans les rues de Londres. A dix ans, j'ai été embarqué comme mousse sur un navire qui allait chercher du café et du sucre à l'île Maurice ; j'ai fait cinq ou six fois le tour du monde, j'ai appris sept ou huit langues sauvages et enfin, à bout de tout, ne sachant que faire pour devenir un gentleman, je suis devenu chef de la police à Calcutta. Lord Braddock m'a offert cette mission, je l'ai acceptée. Je savais que je courais le risque d'être pendu ; j'ai joué la partie, je l'ai perdue. Faites ce qu'il vous plaira. Quant à trahir celui qui m'emploie, non ! Il faut avoir la probité de son métier.

— Bien ! dit Corcoran. Je suis fixé. Pour toi, ami Baber, je vais t'offrir, aussi bien qu'à cet Anglais, un moyen de n'être pas pendu. A toi d'en profiter. »

Et, se tournant vers l'escorte :

« Qu'on les conduise tous les deux dans le cirque des Éléphants », dit-il.

Cet ordre fut promptement exécuté.

Tout le monde sait que le cirque des Éléphants de Bhagavapour, si célèbre dans tout l'Hindoustan, a été construit par les ordres et sur les plans du célèbre poète Valmiki, auteur du Ramayana, et architecte distingué.

C'est une enceinte en briques, parfaitement lisse à l'extérieur, mais qui enferme à l'intérieur un vaste amphithéâtre, assez semblable à ceux des cirques romains. Les places les plus basses et en même temps les plus recherchées du public sont élevées de dix-huit pieds au-dessus de l'arène, qui en est séparée par une seconde enceinte de poteaux énormes et si rapprochés l'un de l'autre qu'aucun homme, si mince qu'il soit, ne pourrait se glisser dans les interstices.

C'est là que devait avoir lieu, à la grande joie du peuple de Bhagavapour, le combat de Baber et de Doubleface. Le vainqueur, suivant l'arrêt de Corcoran, devait avoir la vie sauve.

Le soleil, resplendissant dans un ciel pur, éclairait cette scène imposante. Tout le peuple de Bhagavapour, assis sur les gradins de l'amphithéâtre, attendait avec curiosité l'ouverture de la fête qui lui avait été promise. Hommes et enfants mangeaient, buvaient et riaient en pensant à la grimace que le malheureux Anglais ne pouvait manquer de faire à son dernier soupir.

Pour calmer un peu l'impatience de la foule, on lâcha d'abord un éléphant sauvage, pris l'avant-veille dans la forêt, et on le plaça entre trois éléphants apprivoisés, dont l'un à sa droite, le deuxième à sa gauche et le troisième par-derrière, le poussaient et le frappaient à coups de trompe pour lui enseigner ses nouveaux devoirs. La mine piteuse du pauvre sauvage, ainsi malmené et dressé sous les yeux de quarante mille personnes, était un spectacle étrange et réjouissant. Hélas ! pauvre éléphant ! il avait été, lui aussi, victime d'une trahison. Une jeune éléphante apprivoisée l'avait, par ses coquetteries, amené dans le piège et maintenant, il excitait la risée des hommes.

Mais on se lassa bientôt de ce vaudeville et l'on commença à réclamer le drame.

« L'Anglais ! l'Anglais ! le traître ! Baber ! Baber ! » demandèrent mille voix.

Enfin les trompettes retentirent et Corcoran entra dans l'amphithéâtre à cheval. A sa droite s'avançait son ami Quaterquem. A sa gauche Louison et Moustache. Alice et Sita n'avaient pas voulu assister au combat et étaient demeurées dans le palais d'Holkar. Garamagrif, trop sauvage encore pour être lâché en public, les gardait.

Corcoran monta d'un pas lent et majestueux les trois marches qui le séparaient du trône et fit asseoir près de lui son ami. Louison s'étendit à ses pieds d'un air gracieux et ennuyé. Le jeune Moustache se coucha entre les pattes de sa mère.

Au même instant, le maharaja fit un signe, et l'on amena les deux prisonniers devant lui.

« Vous connaissez les conditions du combat, dit-il. Vous n'avez que le choix de les accepter ou d'être empalés.

— Lumière increéée des mondes, s'écria Baber en élevant vers le ciel ses mains chargées de chaînes, sublime incarnation de Vichnou, tout ce que ta bouche ordonne sera pour moi comme le Rig-Veda. »

Doubleface ne dit rien, mais fit signe qu'il consentait à tout plutôt que d'être empalé.

XIV

La mort d'un coquin

« Monsieur Doubleface, continua Corcoran, vous avez le poignet solide ? »

L'Anglais fit un signe affirmatif.

« Vous avez les reins solides ? »

Même signe.

« Vous connaissez le maniement du sabre ?

— Oui, dit encore Doubleface.

— Très bien, dit Corcoran. Et toi, ami Baber, quelle est l'arme que tu préfères ?

— Seigneur, répliqua Baber, ma religion me défend de verser le sang des hommes, mais elle me permet de les étrangler.

— Eh bien, homme pieux, tes désirs et ceux de ce gentleman vont être satisfaits. Qu'on donne à Doubleface un sabre de Damas de la plus fine trempe et à Baber une corde terminée par un nœud coulant, et que chacun des deux s'escrime aux dépens de son voisin ! Surtout, qu'ils n'oublient pas qu'il est maintenant neuf heures du matin et qu'à dix heures, l'un des deux doit être tué, sans quoi ils seront tous deux empalés. »

Ce n'est pas sans motifs que Corcoran faisait donner aux deux combattants des armes si différentes. Si le sabre était une arme terrible dans la main de l'Anglais, le nœud coulant n'était pas moins dangereux dans les mains de l'agile et souple Baber, ancien chef des Étrangleurs de Goualior. La lutte était donc incertaine.

Enfin on mit les deux combattants en liberté.

A première vue, on aurait eu peine à deviner quel serait le vainqueur. L'Anglais, haut de cinq pieds huit pouces, robuste, osseux, solidement campé sur ses reins, ressemblait à une tour inébranlable. On lisait dans ses yeux le calme de la force et le mépris absolu de son adversaire. Évidemment, il s'attendait à le couper en deux du premier coup de sabre. Ce fut l'opinion de Corcoran lui-même, et tous les Hindous, qui haïssaient profondément l'Anglais, furent alarmés en voyant sa contenance impassible et pleine de confiance.

De son côté, Baber n'était pas un homme à dédaigner. Moins grand que Doubleface et plus mince, il paraissait et il était réellement très inférieur en force physique. Ses bras et ses jambes étaient maigres, sa poitrine étroite et osseuse. Ses yeux mêmes, fauves comme ceux du léopard, exprimaient la ruse plus que le courage ; sa ressource principale était une agilité prodigieuse. Il se couchait, se relevait, bondissait comme le tigre, dont on lui avait donné le nom.

Enfin Corcoran regarda sa montre et dit :

« Allez. »

A ce signal, les deux adversaires, éloignés environ de cinquante pas, s'avancèrent l'un sur l'autre.

Baber commença l'attaque. Il partit en bondissant et s'élança sur son adversaire comme s'il eût voulu le prendre corps à corps ; mais ce n'était qu'une feinte. Au moment de lancer un nœud coulant, il fit un bond de côté.

Doubleface reçut cette attaque avec sang-froid. Il pivota brusquement sur lui-même, évita le nœud coulant et assena un coup de sabre épouvantable sur la tête de l'Hindou. S'il l'eût atteint, le crâne du malheureux Baber aurait été fendu en deux et, avec le crâne, le nez et le menton ; mais Baber n'était pas homme à se laisser surprendre.

D'un saut en arrière, il se mit hors de portée, puis il s'enfuit avec la vitesse d'un cerf poursuivi par le chasseur et fit le tour de l'arène.

Doubleface ne douta plus de sa victoire. Il le suivait de près et allait l'atteindre lorsqu'un obstacle imprévu l'arrêta dans sa course.

Baber, tout en feignant de fuir et de se laisser atteindre, calculait soigneusement la distance qui le séparait de son adversaire et le regardait par-dessus l'épaule.

Quand il crut le moment venu, il se retourna et lança son nœud coulant. Doubleface vit venir le nœud et l'évita fort adroitement. La corde, qui devait le saisir et l'étrangler, manqua le but et vint s'enrouler autour de son pied droit.

Il tomba.

Aussitôt Baber s'arrêta pour dégager sa corde et la mettre autour du cou de l'Anglais ; mais Doubleface se releva promptement et lui lança un deuxième coup de sabre, aussi inutile que le premier. L'Hindou s'était déjà mis hors de portée.

Le combat dura quelque temps sans succès marqué de part et d'autre. L'Anglais, dans un combat corps à corps, eût été d'une supériorité éclatante ; mais Baber était insaisissable.

Cependant, une demi-heure s'était écoulée déjà. Le soleil montait rapidement sur l'horizon et la chaleur devenait insupportable. Baber, accoutumé dès sa naissance au climat brûlant de l'Inde, ne paraissait pas en souffrir ; mais Doubleface ruisselait de sueur. Évidemment, si le combat se prolongeait encore pendant un quart d'heure, il était certain de sa défaite. Il résolut donc de faire un effort suprême.

« Lâche coquin ! cria-t-il, tu n'oses pas m'attendre ! »

Mais cette insulte ne parut pas émouvoir beaucoup Baber.

« Qui t'empêche de courir ? » répliqua-t-il.

Au même instant, Doubleface s'élança le sabre nu, l'accula, par deux ou trois feintes bien ménagées, dans un coin de l'enceinte et lui assena un tel coup de sabre que tous les spectateurs crurent que la dernière heure de l'Hindou avait sonné. Mais le jongleur était déjà hors d'atteinte ; avec la prestesse et l'agilité d'un singe, il avait grimpé le long des poteaux de l'enceinte et, assis à son sommet, regardait tranquillement son adversaire. Tous les spectateurs applaudirent à ce brillant tour de force. Doubleface, irrité et pressé de décider l'affaire, essaya d'imiter et de poursuivre Baber.

Il prit donc son sabre avec les dents et commença à grimper lui-même le long du poteau. Mais cette idée lui fut fatale.

Baber, qui l'observait, lança tout à coup le nœud coulant sur le malheureux Doubleface puis, tirant brusquement la corde à lui, il lui causa une si vive douleur que l'Anglais lâcha prise et resta suspendu en l'air et étranglé.

Ce fut la fin du combat. Tout le peuple de Bhagavapour battit des mains à ce trait d'adresse et de sang-froid et Baber, triomphant, traîna son ennemi autour de l'enceinte, comme Achille avait traîné Hector autour des remparts de Troie.

« C'est bien, dit Corcoran. Tu vas avoir ta grâce, ami Baber. Et maintenant, Sougriva, fais enterrer ce pauvre Doubleface. De son vivant, c'était un misérable traître, un espion, le rebut de l'espèce humaine. Il est mort, paix à ses cendres ! »

Puis il rentra dans son palais, suivi des acclamations du peuple de Bhagavapour, qui admirait sa justice et sa clémence. Là, sans délai, il écrivit la dépêche suivante :

A lord Henry Braddock, gouverneur général de l'Hindoustan, à Calcutta.

Bhagavapour, 16 février 1860

Mylord,

Les relations de bon voisinage et d'amitié qui ont toujours subsisté et qui, je l'espère, subsisteront toujours entre mon gouvernement et celui de Votre Seigneurie,

J ETTLING

me font un devoir de vous avertir d'un incident fâcheux qui aurait pu exciter des susceptibilités réciproques ; Votre Seigneurie me rendra cette justice que je n'ai pas ajouté foi à de misérables calomnies et que j'ai puni le calomniateur comme il le méritait.

Un certain Scipio Ruskaert, se disant sujet prussien et protégé anglais, muni d'une lettre de recommandation, fabriquée sans doute par un faussaire, de sir Barrowlinson, est venu me demander aide et protection, sous prétexte d'études scientifiques sur la flore et la faune des monts Vindhyâ.

Sur la foi de sir Samuel Barrowlinson, à qui le monde savant doit, je le sais, tant de reconnaissance, mais qui a été en cette occasion la dupe d'un scélérat insigne, j'ai fait à ce Ruskaert l'accueil le plus flatteur et le plus hospitalier, qu'il a payé de la plus noire ingratitude.

Votre Seigneurie, en lisant la copie ci-jointe de la lettre que ce Ruskaert, dont le véritable nom est, paraît-il, Doubleface, Votre Seigneurie, dis-je, sera sans doute indignée de l'abus qu'un tel misérable a prétendu faire de son nom et des instructions déshonorantes qu'il a osé prêter à Votre Seigneurie. Je me hâte de dire que mon indignation d'une si lâche calomnie a prévenu le mépris de Votre Seigneurie et que ce Doubleface, qui, d'ailleurs, n'a pas nié son titre de chef de la police politique de Calcutta, vient de recevoir le châtiment que méritaient son crime et l'usage qu'il faisait du nom respecté de Votre Seigneurie. En d'autres termes, il a été pendu.

Votre Seigneurie, mylord, pourra lire dans le *Moniteur de Bhagavapour*, que je prends soin de lui faire adresser moi-même, tous les détails de la pendaison. La trahison de Doubleface était si odieuse, et d'ailleurs si bien prouvée par son propre aveu, que je n'ai pas cru nécessaire de suivre en cette affaire les règles ordinaires d'une lente procédure.

Je dois prévenir Votre Seigneurie qu'on a saisi dans les papiers de Doubleface une liste fort exacte et fort bien faite de toutes les ressources financières et militaires de mon royaume.

Naturellement je n'ai pas cru nécessaire de joindre cette note si précieuse à la présente dépêche, et je crois que Votre Seigneurie approuvera ma réserve et ma discrétion.

Sur ce, mylord et cousin, que Dieu vous ait en sa sainte garde.

Corcoran, maharaja.

Donné en mon palais de Bhagavapour, aujourd'hui, 5 février 1860 de l'ère chrétienne, l'an trois cent trente-trois mille six cent neuvième de la dixième incarnation de Vichnou, et de notre règne, le troisième.

« C'est une déclaration de guerre, dit Quaterquem après avoir lu la dépêche, et tes préparatifs ne sont pas faits.

— De toute façon la guerre était inévitable, répliqua Corcoran. Tu l'as vu toi-même, leur armée est en marche. Il en sera ce que Dieu voudra. Pardonner à ce coquin, c'était reculer. Je ne me suis soutenu jusqu'ici qu'à force d'audace ; eh bien, je continuerai.

— As-tu des alliés ?

— J'aurais eu toute l'Inde pour moi dans deux ou trois ans. A présent, rien n'est prêt. La dernière révolte des cipayes a fait fusiller tout ce qu'il y avait de plus énergique et de plus résolu. Il faut attendre une génération nouvelle, ou que ce peuple amolli et épouvanté ait oublié les vieux massacres. »

Quaterquem se frappa le front.

« J'ai une idée, dit-il, qui peut te donner avant trois mois un puissant et redoutable allié. Dans ce cas, non seulement tu seras sauvé, mais tu seras maître de l'Inde.

— Quel est cet allié ?

— Parlons bas ! dit Quaterquem. Parlons bas ; on pourrait nous entendre. »

Et il dit tout bas un nom à l'oreille de Corcoran, qui tressaillit.

« J'y ai bien pensé, répliqua le maharaja après un instant de silence ; mais il y a si loin ! La traversée, aller et retour, durera au moins quatre mois. Et qui envoyer d'ailleurs ?

— Tu oublies mon ballon, dit Quaterquem, qui fait trois cents lieues à l'heure et qui va tout droit, comme une flèche, sans connaître les mers, les fleuves ou les montagnes. Ce soir, nous verrons représenter *Guillaume Tell*. Demain tu auras une audience. Après-demain nous serons de retour. Sougriva et Louison gouverneront le royaume en ton absence.

— Il est trop tard, dit Corcoran, mais tu peux me rendre un service signalé. Emmène-moi dans ton ballon et montre-moi le camp anglais et le mien. Fais tes adieux à Alice ; je vais faire les miens à Sita. Nous partirons dans une heure... Qu'on appelle Acajou.

— Bien », répondit Quaterquem.

Le grand Nègre parut.

« Acajou, dit Quaterquem, prépare le ballon. »

Le Nègre fit un saut de joie.

« Moi voir Nini et Zozo ! Bon maître, massa Quaterquem !

— Acajou, mon ami, nous irons voir Nini et Zozo à la fin de la semaine ; aujourd'hui, nous avons d'autres affaires. »

XV

Une plaisanterie d'Acajou

Les préparatifs du long voyage que Corcoran allait entreprendre avec son ami Quaterquem durèrent toute la journée. Il ne s'agissait pas, on se l'imagine de reste, d'emballer des vêtements ou des vivres, mais de cacher aux Mahrattes le départ du maharaja. Il fut donc résolu qu'on attendrait la nuit pour partir et que Sougriva seul en serait informé. Corcoran ne voulut pas même faire ses adieux à Sita, de peur de lui causer quelque inquiétude. Par bonheur, la nuit était fort sombre, et les deux amis, aidés du Nègre Acajou, purent s'élever dans les airs sans être aperçus de personne.

Ici, quelque lecteur, curieux de science, voudra connaître sans doute la forme et le moteur de ce ballon merveilleux.

Je suis forcé d'avouer — et, quelque question qu'on fasse, je ne pousserai pas l'indiscrétion plus loin — qu'il ne m'est pas permis de révéler le secret de cette admirable machine. Je puis dire seulement qu'après avoir longtemps étudié le secret du vol des oiseaux, l'inventeur reconnut, comme l'a fait plus tard le célèbre M. Nadar, la justesse du principe : *Plus lourd que l'air*, et qu'il abandonna complètement l'usage du gaz hydrogène et de ces immenses enveloppes qui offrent tant de prise au vent. En deux mots, la forme de mon ballon — j'emploie ce mot impropre — n'est pas autre chose que celle de la frégate, le plus rapide de tous les oiseaux, qui franchit en quelques heures quinze cents lieues de mer. Quant au moteur, je dois à mon ami Quaterquem de garder le secret aussi longtemps qu'il jugera nécessaire de le garder lui-même[1].

Au reste, un ciel sans nuages et une atmosphère transparente permettaient de voir et d'admirer jusqu'aux moindres détails du paysage. Quaterquem, assis au gouvernail à côté de son ami, se guidait au moyen des étoiles aussi sûrement qu'un marin sur l'océan au moyen de la boussole et désignait de la main les fleuves et les vallées.

« Tu entends le bruit de la rivière qui coule entre ces deux chaînes de montagnes ? La reconnais-tu ? C'est la Nerbuddah. La montagne de droite est l'une des Ghâtes. Celle de gauche, qui s'élève vers nous toute couverte de forêts sombres, appartient à la chaîne des monts Vindhyâ… Entends-tu ce murmure, composé de vingt millions de voix d'hommes, de quadrupèdes, d'oiseaux et d'insectes ? C'est l'harmonie du globe terrestre qui ravissait en extase le divin Pythagore. Le grondement sourd qui domine toutes les autres voix, c'est le rugissement rauque du tigre. Cette masse sombre que l'on distingue à peine, et qui paraît se remuer avec tant de lenteur, c'est un troupeau d'éléphants qui galopent dans une rizière, écrasant tout sous leurs pieds.

— Il s'agit bien d'éléphants, interrompit Corcoran ; j'ai hâte d'arriver au camp.

— Rien de plus facile. »

Quaterquem fit mouvoir un léger ressort. Le gouvernail obéit à sa main comme un enfant docile à la voix de son maître. En cinq minutes, le ballon plana au-dessus d'un camp retranché, entouré de fortes palissades et garni de cent cinquante canons.

La *Frégate* s'abattit aussitôt. Quaterquem jeta l'ancre dans

1. Le mémoire adressé par Quaterquem à l'illustre Académie des sciences subsiste encore à l'Institut dans les cartons de l'Académie. Il porte le numéro 719, et le rapporteur, le savant et célèbre M. Bernardet, a daigné écrire de sa main l'apostille suivante : *« L'auteur devrait être envoyé à Charenton » (Note de l'auteur).* Charenton : asile d'aliénés alors fameux.

un palmier gigantesque, et Corcoran descendit avec une échelle de corde jusqu'à terre.

« Attends-moi, dit le maharaja… Je serai de retour dans une heure. »

En même temps, il s'avança sans être remarqué des sentinelles, car il était descendu dans l'enceinte même du camp, et se dirigea vers la tente du général Bondocdar-Akbar, communément appelé Akbar, c'est-à-dire « le Victorieux », à cause de ses anciennes défaites.

Akbar était assis sur un tapis. Autour de lui ses principaux officiers fumaient en silence.

« Seigneur Akbar, dit l'un d'eux, avez-vous reçu des nouvelles du maharaja ?

— Non, dit Akbar.

— Il nous oublie dans son palais de Bhagavapour.

— Le maharaja n'oublie rien, dit Akbar.

— Cependant les Anglais s'avancent et vont nous attaquer avant trois jours. Le maharaja le sait-il ?

— Le maharaja sait tout, dit encore Akbar.

— S'il le sait, pourquoi n'est-il pas avec nous ? »

A ces mots Corcoran entra.

« Et qui te dit qu'il n'y est pas, Hayder ? » demanda-t-il d'une voix forte.

Aussitôt tous les assistants se prosternèrent, la paume des mains élevée vers le ciel.

« Le maharaja est partout et voit tout, dit Corcoran. Il est l'œil droit de Brahma sur la terre. Il punit la lâcheté. Il devine la trahison.

— Grâce ! grâce ! seigneur ! s'écria Hayder, qui s'attendait à être empalé.

— Qui doute de moi a mérité de périr, dit Corcoran. Mais je te fais grâce, Hayder. Tu vas quitter l'armée. Je ne veux avec moi que des hommes qui sachent bien que Brahma m'a donné sa force et sa puissance. »

Hayder sortit tout tremblant et reprit dès le soir même la route de Bhagavapour.

Après cet exemple qu'il jugea nécessaire, Corcoran se fit rendre compte de la situation de l'armée et des approvisionnements ; il se montra aux soldats pour les encourager. A la nouvelle qu'il était au camp, toute l'armée poussa de longs cris de joie et alluma des torches pour éclairer sa marche.

« Longue vie au maharaja ! Longue vie au successeur d'Holkar, au dernier des Raghouides !

— C'est bien, dit Corcoran. Que tous les feux s'éteignent. Que tout le monde rentre sous les tentes ! »

Il fut obéi sur-le-champ. Son apparition qui tenait du miracle, car aucune sentinelle ne l'avait vu pénétrer dans le camp, fortifia l'opinion déjà répandue qu'il était la dixième incarnation de Vichnou sur la terre.

Dès que le silence et l'obscurité eurent succédé de nouveau au tumulte et à l'éclat des torches, le maharaja alla rejoindre ses compagnons et, grâce à l'échelle de cordes, remonta aisément dans le palmier d'abord, puis dans la *Frégate*.

« Je viens de faire une belle peur à un pauvre diable, dit le maharaja, et il raconta la scène qui s'était passée dans la tente.

— Quel singulier plaisir peux-tu trouver à gouverner des traîtres et des poltrons ? demanda Quaterquem. Quelque jour ces gens-là te tireront des coups de fusil par-derrière.

— Ah ! mon cher ami, dit Corcoran, c'est un dur métier que de gouverner les hommes ; mais je ne connais personne qui s'en soit dégoûté.

— Et Charles-Quint ?

— Bah ! un pauvre diable d'empereur qui mangeait trop, qui avait la goutte et des indigestions continuelles.

— Et Dioclétien ?

— Il avait peur d'être étranglé ou empoisonné par son

gendre Galérius, un beau nom de coquin… Mais c'est assez causé des anciens et des modernes. Allons voir nos amis les Anglais. Leur camp ne doit pas être éloigné d'ici. Au rapport de mon fidèle Akbar, ils sont à vingt-trois lieues au sud-est, sur une petite colline qui s'avance en forme de presqu'île dans la vallée du Kérar. »

Quaterquem obéissait, lorsqu'un grand éclat de rire, parti de l'arrière de la *Frégate*, attira leur attention.

Acajou riait de toutes ses forces en contemplant un objet caché dans l'ombre.

« Qu'est-ce donc ? demanda sévèrement Quaterquem.

— Oh ! massa Quaterquem, s'écria Acajou en continuant de rire, vous pas fâché ; vous bien rire. Acajou bon Nègre, joué bon tour. »

Et, saisissant entre ses bras l'objet inconnu, il l'apporta, malgré tous ses efforts, sous les yeux de son maître. A la clarté de la lampe on reconnut Baber.

L'Hindou avait la bouche bâillonnée et les mains liées derrière le dos. Quant aux jambes qui avaient été serrées aussi par une forte corde, l'Hindou, jongleur et funambule de son métier, était parvenu à les dégager.

« Quel vilain gibier as-tu apporté là ? dit Quaterquem.

— Vous comprendre, massa Quaterquem. Si vilain gibier embarrasser bon maître, Acajou jeter vilain gibier par-dessus bord. Mais Baber, bon gibier, pas méchant du tout.

— Est-ce qu'il a voulu s'introduire encore dans la *Frégate* ? demanda Corcoran. En ce cas, jette-le par-dessus le parapet. Je ne fais grâce qu'une fois.

— Non, non, massa, interrompit vivement Acajou. Moi l'avoir vu battre avec Doubleface. Baber étrangler Doubleface. Acajou bien rire. Acajou content de voir le bon tour de Baber. Acajou attendre Baber sur la route, demander la recette pour étrangler les Anglais. Baber impoli pas vouloir donner. Moi, bon Nègre, pas méchant du tout, abattre Baber d'un coup de poing ; Baber vouloir mordre et égratigner Acajou, arracher cheveux d'Acajou, miauler, rugir, pleurer. Acajou très bon. Acajou retourner Baber, arracher la corde à Baber, attacher les mains de Baber, les pieds de Baber, ficeler Baber, mettre Baber dans un coin de la *Frégate*, vouloir apporter Baber à Nini pour amuser Zozo.

— Que le diable t'emporte avec ton Baber et ton Zozo, dit Quaterquem impatienté. Qu'allons-nous faire de ce mauvais drôle ? On ne peut pas le jeter dans les airs, puisqu'il est venu dans ma *Frégate* malgré lui. Le garder n'est pas sûr. Le déposer nous retardera. Au diable le Baber ! »

Ces réflexions étaient faites en français, langue inconnue à Baber, mais il voyait assez sur le visage de Quaterquem que sa présence gênait forts les voyageurs.

Quant à Corcoran, le coude appuyé sur son genou, le menton dans la main, les yeux fixés à l'horizon, il réfléchissait. Tout à coup, il prit son parti.

« Délie-moi ce Baber », dit-il.

Acajou hésita.

« Massa, dit-il, mauvais, délier Baber. Mauvais, très mauvais. Chien galeux, Baber ! Baber poignarder Acajou, quand Acajou aura dos tourné.

— Obéis, dit le maharaja. Cela t'apprendra à ne plus recueillir les chiens galeux dans ta *Frégate* et à ne plus chercher des joujoux pour M. Zozo. »

Acajou obéit. Baber, délié, se jeta aussitôt aux pieds de Corcoran. Le maharaja le regarda d'un air sévère.

« Ce qu'Acajou vient de dire est-il vrai ? » demanda-t-il.

Baber, qui n'avait pas compris un mot du récit d'Acajou, raconta de la même façon que le Nègre ce qui était arrivé.

« C'est bien, dit le maharaja. Si je te dépose à terre, quel métier vas-tu faire pour vivre ?

— Seigneur, répliqua Baber sans s'émouvoir, quel métier pourrais-je faire, excepté celui que j'ai déjà fait ?

— C'est-à-dire que tu vas encore attendre les voyageurs au coin des bois ? »

Baber fit un signe affirmatif.

« Tu sais, continua Corcoran, que si je te reprends dans l'exercice de ta profession, je te ferai pendre.

— Seigneur, on ne change pas de profession à mon âge. J'ai cinquante-cinq ans passés. Mais je ne demeurerai pas dans vos États, j'irai à Bombay, où je suis encore peu connu.

— As-tu peur de la mort ?

— Qui ? moi ! j'aurais peur de rentrer dans le sein de Brahma, père de toutes les créatures ! C'est bien mal me connaître. »

Baber sourit d'un air superbe et, saisissant un couteau que le Nègre portait à la ceinture, il l'enfonça froidement dans sa propre cuisse. Le sang jaillit à flots.

« Malheureux ! s'écria Corcoran en lui arrachant le couteau.

— Seigneur maharaja, dit Baber, ceci n'est rien. Vingt fois, à la foire de Bénarès, pour acquérir une réputation de piété et gagner une douzaine de roupies, je me suis fait enfoncer un crochet de fer dans le flanc. Voyez mon corps couvert de plus de cinquante cicatrices. Il n'y a peut-être pas six de ces blessures qui n'aient été volontaires[1]. »

Tout en parlant, il étanchait le sang et bandait sa blessure avec une serviette que le Nègre épouvanté lui donna.

« Massa, dit Acajou, mettre à terre ce scélérat. Moi pas vouloir l'emmener dans notre île. Baber manger Nini et Zozo !

— Voyons, interrompit Corcoran, Baber, veux-tu gagner cent mille roupies et te venger des Anglais ? »

A cette question, l'Hindou sourit à la façon des tigres.

« Seigneur maharaja, dit-il, la vengeance suffirait. Les roupies sont de trop.

1. Tout le monde sait que ces exemples de courage et de patience sont assez communs parmi les fakirs de l'Inde. *(Note de l'auteur.)*

— Je te crois, dit Corcoran, car tu m'as l'air d'aimer la vengeance comme mon petit Rama aime les confitures. Mais pour plus de sûreté, je veux y joindre les roupies. Voilà déjà une bourse qui en contient deux mille.

— Seigneur maharaja, dit Baber avec dignité, cette confiance m'honore ; mais je ne veux rien recevoir de vous avant de vous avoir rendu service. Depuis que le monde est monde, depuis que Vichnou est sorti du lotus de Brahma, et Siva du lotus de Vichnou, jamais homme plus généreux que vous n'a paru sur la terre. Vous pouvez faire justice, et vous pardonnez. Oui, j'ai menti, j'ai volé, j'ai tué, j'ai fait plus de faux serments qu'il n'en faudrait faire pour que la voûte du ciel se brisât en éclats et m'écrasât sous ses débris ; mais je suis à vous désormais tout entier et pour votre vie entière. Baber n'a jamais eu de maître. Il en aura un désormais.

— D'où lui vient cet enthousiasme subit ? demanda Quaterquem, qui n'entendait pas l'hindoustani, mais qui regardait avec étonnement les gestes passionnés de Baber.

— De ce qu'il a reconnu son maître, dit Corcoran en français, pour n'être pas compris de l'Hindou. Ce tigre a senti sa faiblesse devant moi. Désormais il me sera dévoué ; je m'y connais.

— A peu près comme ta Louison.

— Oh ! répliqua Corcoran, peux-tu comparer ma charmante Louison au terrible et féroce babouin que voilà ? C'est une véritable impiété… Mais voici le camp anglais. Je reconnais la colline et la rivière dont Akbar m'a parlé. Jette l'ancre, mon cher ami, dans ce bois de palmiers, à six cents pas des sentinelles. »

Puis se tournant vers Baber :

« Tu te donnes à moi, dit-il. C'est bien, je t'accepte. »

Et il lui tendit la main. Baber la baisa et, debout devant le maharaja, il attendit ses ordres.

XVI

Comment Baber se rendit utile, n'ayant pu se rendre agréable

Le camp anglais couvrait presque toute la colline.

Dix-huit mille Européens faisaient la principale force de cette armée. Six mille Sikhs et quatre mille Gorkhas du Népal, soldats robustes, patients, courageux et redoutables lorsqu'ils sont bien commandés, occupaient la droite et la gauche du camp. Les Anglais étaient au centre. On n'avait pas voulu employer contre Corcoran les régiments cipayes, dont on soupçonnait la fidélité.

Outre les soldats, le camp renfermait une foule nombreuse de marchands de toute espèce au service de l'armée. Ces marchands emmenaient avec eux leurs femmes, leurs enfants, et quelquefois étaient eux-mêmes suivis de serviteurs. Une innombrable quantité de voitures, groupées dans un désordre apparent, encombraient les avenues. Quoiqu'on fût très loin de l'ennemi, et que la guerre ne fût même pas encore déclarée, le major Barclay connaissait trop bien Corcoran pour ne pas se tenir sur ses gardes.

Car c'était notre ancien ami le colonel Barclay, devenu major général à la suite de la révolte des cipayes, qui commandait de nouveau l'armée dirigée contre Corcoran.

Barclay avait mérité cet honneur dangereux par d'éclatants exploits. Personne, après le général Havelock et sir Colin Campbell, n'avait plus contribué à la défaite des cipayes.

Personne aussi, il faut l'avouer, n'avait plus durement traité les vaincus. « *Il les pend aussi vite qu'il le peut,* écrivait à lord Henry Braddock son chef d'état-major, *et les arbres sur sa route ont moins de fruits que de pendus.* » En somme, c'était un brave, honnête et solide gentleman, très persuadé que le monde est fait pour les gentlemen et que le reste de l'espèce humaine est fait pour cirer les bottes des gentlemen.

Minuit venait de sonner. Barclay, resté seul dans sa tente, allait se coucher sur son lit de camp. Il était fort content de lui-même. Il venait d'écrire de son plus beau style hindoustani une proclamation destinée à voir le jour cinq jours plus tard et à prévenir les Mahrattes que le gouvernement anglais, dans sa haute sagesse, avait résolu de les délivrer du joug d'un scélérat du nom de Corcoran, qui s'était emparé par vol, fraude et meurtre du royaume d'Holkar. Ayant écrit ce morceau d'éloquence, il s'assoupit.

Quoiqu'il ne dormît pas encore, il rêvait déjà.

Il rêvait à la Chambre des lords et à l'abbaye de Westminster. Rêves délicieux !

Ses précautions étaient prises. Il avait sous ses ordres l'armée la plus redoutable qui eût jamais fait campagne dans l'Hindoustan. Corcoran, tout défiant qu'il fût, devait être surpris, car on allait envahir son royaume sans déclaration de guerre. Peut-être même — car Barclay n'ignorait pas la conspiration de Doubleface, bien qu'il n'en fût pas complice — peut-être serait-il mort avant que Barclay eût passé la frontière, et alors quel adversaire rencontrerait-on ?

Donc, la victoire n'était pas douteuse.

Donc, Barclay entrerait sans peine dans Bhagavapour.

Donc, il donnerait à l'Angleterre un royaume de plus, comme Clive, Hastings et Wellesley.

Donc, sa part de butin ne pouvait guère être évaluée à moins de trois millions de roupies.

Or, avec douze millions de francs et le titre de vainqueur

de Bhagavapour, le major général devait nécessairement obtenir un siège à la Chambre des lords et le titre de marquis. Pour plus de sûreté, le marquisat serait acheté en Angleterre, dans le comté de Kent.

Justement, à cinq lieues de Douvres, sur le bord de la mer, est un château tout neuf, Oak Castle, construit par un marchand de la Cité, qui s'est ruiné au moment de se retirer à l'ombre des chênes et des hêtres. Oak Castle est à vendre. Tout autour, trois mille hectares de bois, de terre et de prairies.

John Barclay, lord Andover, ne sera pas en peine de meubler Oak Castle. Grâce au ciel, lady Andover (récemment Mrs. Barclay) a reçu du ciel en partage une admirable fécondité — quatre fils et six filles.

L'aîné des fils, James, sera lord Andover. Il est enseigne dans les horse-guards et donne de grandes espérances à sa mère, car il a déjà fait deux mille livres sterling de dettes. Les trois autres…

Au moment où Barclay allait rêver à l'avenir de ses autres fils, il fut tiré de son rêve par un grand bruit qui se faisait entendre à quelques pas de sa tente.

« Seigneur, disait en hindoustani une voix suppliante, je veux parler au général.

— Que lui veux-tu ? demanda l'aide de camp d'une voix brutale.

— Seigneur, je ne puis m'expliquer qu'en présence du général.

— Tu reviendras demain.

— Demain ! dit l'Hindou. Il sera trop tard. »

Il essaya à nouveau d'entrer ; mais Barclay entendit le bruit d'une lutte et d'un poing qui s'abattait sur une tête. Puis l'aide de camp cria :

« Holà ! Deux hommes ! Qu'on emmène ce drôle, et qu'on le tienne sous bonne garde jusqu'à demain.

— Demain ! s'écria le malheureux Hindou. Demain, vous serez tous morts. »

A ces mots, Barclay sauta à bas de son lit, chaussa précipitamment ses pantoufles et frappa sur un gong.

Aussitôt le valet de chambre hindou parut.

« Dyce, dit le général, d'où vient ce bruit ?

— Seigneur, répondit Dyce, il s'agit d'un malheureux qui a voulu interrompre le sommeil de Votre Honneur, sous prétexte de faire à Votre Honneur une communication très importante, disait-il. Mais le major Richardson n'a pas voulu qu'on réveillât Votre Honneur et a jeté l'Hindou à terre d'un tel coup de poing qu'on vient de le relever presque évanoui.

— Appelez Richardson. »

L'aide de camp entra.

« Où est l'homme que j'entendais tout à l'heure ? demanda Barclay.

— Général, dit Richardson, il est sous bonne garde.

— Pourquoi ne m'avez-vous pas averti de sa présence ?

— Général, j'ai cru qu'on devait respecter votre sommeil.

— Vous avez eu tort de croire, dit sèchement Barclay. Amenez-moi cet homme. »

Richardson sortit de fort mauvaise humeur.

Cinq minutes après, l'Hindou paraissait devant le général. C'était un homme de cinquante ans environ, long, maigre, mal vêtu, et dont la joue toute meurtrie attestait la vigueur du poing de Richardson. De plus, une serviette ensanglantée couvrait mal une blessure assez grave à la cuisse.

En deux mots, c'était notre ami Baber. A la vue du général, il se prosterna dans une attitude suppliante et attendit, les yeux baissés, que Barclay voulût bien l'interroger.

« Qui es-tu ? demanda le général.

— Un pauvre marchand parsi, général, qui suit le camp et qui vend aux soldats du riz, du sel, du beurre et des oignons.

— Ton nom ?

— Baber.

— Que me veux-tu ?

— Général, dit l'Hindou, je venais vous sauver ; mais on m'a repoussé à coups de poing et de crosse de fusil. Le major que voici m'a cassé deux dents. »

Effectivement, il montra sa mâchoire ensanglantée et tira de sa poche un mouchoir au fond duquel les deux dents se faisaient vis-à-vis.

« C'est bien. On te les payera, dit Barclay… Tu venais nous sauver ?… Que veux-tu dire ?

— Seigneur, dit l'Hindou, vous êtes trahi.

— Par qui ?

— Par vos régiments sikhs.

— En vérité ! et comment le sais-tu ?

— J'ai entendu les soldats sikhs causer à voix basse dans le camp. Tous les sous-officiers sont gagnés.

— Par qui ?

— Par le maharaja Corcoran. »

Ce nom fit réfléchir Barclay.

« Où est le maharaja ?

— Seigneur, je l'ignore. Mais j'entendais, il n'y a qu'un instant, deux soubadars sikhs dire qu'il doit être à présent sur la route de Bombay, à trois lieues d'ici, avec sa cavalerie. »

Cette nouvelle devenait inquiétante. Barclay regarda l'Hindou. Sa figure rusée mais impassible ne laissait rien deviner.

« Nomme-moi les traîtres, dit Barclay.

— Seigneur, s'écria Baber, je suis prêt à le faire. Mais vous n'avez que le temps de vous mettre sur vos gardes. Dans un instant la révolte éclatera.

— Richardson, faites garder cet homme et éveillez sans bruit tous les régiments anglais. S'il y a trahison, nous surprendrons les traîtres et nous leur donnerons une leçon qui laissera dans l'Inde un souvenir ineffaçable. »

On emmena Baber ; mais, au moment où Richardson allait exécuter l'ordre qu'il avait reçu, on entendit tout à coup un grand bruit, et les cris :

« Au feu ! au feu ! »

Au même instant, le camp parut tout en flammes. Le feu avait été mis, sans qu'on s'en aperçût, à quatre ou cinq places différentes.

Aussitôt les tambours retentirent, les trompettes sonnèrent, appelant tous les soldats aux armes. Cavaliers, fantassins, artilleurs, éveillés tout à coup, couraient demi-nus à leur poste, ne sachant quel ennemi ils avaient à combattre.

Le feu avait envahi d'abord le quartier des marchands et des vivandières qui suivaient l'armée. En un moment, tout fut consumé. Puis, la flamme, s'étendant toujours, gagna bientôt les caissons de cartouches, qui commencèrent à éclater en l'air. Déjà tous les hommes attachés au service des équipages de l'armée se répandaient au bas de la colline, fuyant les détonations de toute espèce ; les femmes et les enfants les avaient précédés et couraient au hasard en criant :

« Trahison ! trahison ! »

Barclay, intrépide et calme au milieu du désordre, ne s'inquiétait que de rallier ses régiments anglais et, malgré le bruit et les cris, il y réussit ; mais l'artillerie était déjà hors de service. Les caissons prenaient feu l'un après l'autre, la moitié du camp était déjà brûlée, et l'on n'espérait plus sauver le reste.

Pour comble de malheur, les Sikhs et les Gorkhas, éveillés par le bruit et par les détonations, atteints par les boulets, les balles et la mitraille, crurent que Barclay avait résolu de les exterminer et firent feu à leur tour sur les régiments anglais, qui ripostèrent par une fusillade bien nourrie. En cinq minutes, plus de trois cents cadavres jonchèrent le sol. Barclay, persuadé qu'il avait affaire à des traîtres, ordonna d'en finir par une charge à la baïonnette.

A cet ordre, les malheureux Sikhs, épouvantés, prirent la fuite et se répandirent dans la campagne. La cavalerie anglaise les poursuivit et les sabra sans pitié.

Au point du jour, tout était fini. Quinze cents soldats de l'armée de Barclay étaient étendus sur la colline et dans les prairies environnantes ; les Sikhs et les Gorkhas cherchaient un asile dans les bois ; les Anglais avaient perdu leurs bagages, leurs vivres et leurs munitions ; enfin, Barclay reprenait, la tête basse, le chemin de Bombay, où il avait espéré revenir millionnaire, vainqueur, lord Andover et marquis.

II avait en même temps la douleur de ne pas même pouvoir deviner la cause de son désastre, car les Sikhs et les Gorkhas, il le voyait maintenant, étaient victimes d'une erreur, et personne n'avait trahi, excepté le maudit Baber. Pour celui-là, si Barclay avait su où le prendre, son compte eût été réglé bien vite. Mais Baber, qui s'en doutait, avait pris la clef des champs pendant l'incendie et s'en allait d'un pied léger à Bhagavapour pour toucher les cent mille roupies que lui devait le trésorier du maharaja.

XVII

L'Asie à vol d'oiseau

Du haut de la *Frégate*, Corcoran et son ami Quaterquem avaient eu l'imposant spectacle de l'incendie du camp anglais. Tous deux gardaient un profond silence.

« C'est horrible, dit enfin Quaterquem. J'aurais voulu pouvoir secourir ou détromper ces malheureux. Quinze cents morts ! Deux ou trois mille blessés !

— Mon ami, répliqua le maharaja, il vaut mieux tuer le diable que d'être tué par lui.

— Oui, sans doute.

— Eh bien, pouvais-je m'en tirer à meilleur marché ? Ce Baber, il faut l'avouer, est un précieux coquin. En un clin d'œil, il a allumé, sans être vu de personne, quatre ou cinq incendies. Et avec quelle adresse et quelle subtilité, rampant dans les broussailles, il a su échapper aux sentinelles ! Avec quelle constance il a supporté les coups de poing et les coups de crosse ! On parle du courage et de la patience de Caton d'Utique. Mon ami, Caton n'était qu'un efféminé auprès de cet Hindou. S'il avait, dès sa naissance, appliqué à bien faire la force étonnante de son caractère, ce gredin serait aujourd'hui le plus vertueux des hommes.

— Mais quel profit espères-tu retirer de ce carnage ? Barclay reviendra dans quinze jours avec une armée nouvelle.

— Bah ! cette armée ne sera pas reconstituée, approvisionnée et remise en campagne avant un mois. C'est autant de gagné sur l'ennemi. Il se peut, d'ailleurs, que lord Henry Braddock, effrayé d'un si triste début, ne pousse pas plus loin les choses et veuille vivre en paix avec moi ; car, enfin, il m'a fait la guerre sans avis préalable, peut-être sans autorisation du gouvernement de Londres. Enfin, comptes-tu comme un mince avantage le bruit qui va se répandre, que le feu de Vichnou est tombé du ciel à ma voix tout exprès pour consumer les Anglais. Qui sait ce qui peut en résulter ? Quant au miracle, je compte sur Baber pour en fabriquer la légende… Mais voici le soleil qui se lève derrière l'Himalaya ; il est temps de continuer notre voyage…

— Veux-tu revenir à ton camp ?

— Rien ne presse, et puisque l'occasion se présente, je ne serais pas fâché de voir à vol d'oiseau cette Perse fameuse dont on nous a tant parlé au collège, et où le divin Zoroastre enseignait au roi Gustap les préceptes du Vendidad.

— Comme tu voudras, dit Quaterquem, qui changea la direction de la *Frégate*.

— Or çà, dit le maharaja, quel est ce grand fleuve qui descend de l'Himalaya dans la mer des Indes et qui reçoit une multitude de rivières ?

— Ne le reconnais-tu pas ? répondit Quaterquem. C'est l'Indus. Les rivières que tu as vues il n'y a qu'un instant sont celles du Pendjab, l'ancien royaume de Randjitsing, de Taxile et de Porus. Devant toi, à l'horizon, ce désert immense et sablonneux, d'un gris jaunâtre, bordé au nord par une chaîne de hautes montagnes et au midi par l'océan Indien, c'est l'Arachosie et la Gédrosie où le fameux Alexandre de Macédoine faillit périr de soif avec toute son armée. Les montagnes appartiennent à la chaîne de l'Hindou Kouch, que les Grecs, qui n'avaient que deux ou trois noms à leur service, ont appelé le Caucase indien ou le Paropamise. Nos géographes de cabinet, qui n'ont jamais vu que la route de Paris à Saint-Cloud, te raconteront qu'il y avait là autrefois des nations puissantes et des vallées fertiles. Regarde toi-même ; ce que tu as vu au sud, c'est le Béloutchistan ; ce que tu vois au nord, c'est le Kaboulistan, l'Afghanistan et le Hérat. Dans ces pays que les Grecs disaient si fertiles et si peuplés, combien aperçois-tu de villes ou de villages ? Où sont même les rivières et les routes ? Çà et là, dans quelque vallée obscure, perdue entre deux montagnes, tu distingues à grand-peine quelques arbres, et au milieu de ces arbres une mosquée, une fontaine et quelques ruines. Voilà les grandes villes des Perses et des Mèdes.

— Est-ce que les historiens anciens auraient menti ? demanda Corcoran.

— Pas tout à fait, mais il s'en faut de peu. Quand tu lis, par exemple, que Lucullus en une seule bataille tua trois cent mille barbares et ne perdit lui-même que cinq hommes, tu reconnais la vantardise fanfaronne des matamores du vieux temps. Quand les Grecs racontent que Xerxès avec trois millions d'hommes n'a pas pu conquérir leur pays, qui est à peu près aussi grand que trois départements français, tu penses évidemment que cette histoire ressemble beaucoup à celle du Petit Poucet et de l'Ogre, qui faisaient à chaque pas des enjambées de sept lieues. Et ainsi des autres.

— Quel est ce grand lac qui étincelle à notre droite et réfléchit les feux du soleil ?

— C'est la mer Caspienne, et cette caravane qui fait halte au-dessous de nous, au milieu de la plaine, vient de Téhéran et se dirige vers Balkh, la ville sainte, l'ancienne Bactra, capitale de la Bactriane. Ces cavaliers que tu vois embusqués à sept ou huit lieues de distance, derrière ces ruines, sont de braves Turcomans de Khiva qui attendent la caravane au passage, comme feu Mandrin attendait au siècle dernier les employés de la régie sur les grands chemins de la Bourgogne et du Lyonnais. Chacun fait ici-bas pour vivre le métier qu'il peut, témoin ton ami Baber.

— Oui, dit Corcoran, mais il y a des métiers horribles.

— Horribles ! mais tous les jours l'homme le plus civilisé, celui que tu rencontres dans tous les salons de Paris et de Londres, fait très tranquillement des calculs qui lui donneront quelques centaines de mille francs et qui causeront peut-être la mort de plusieurs milliers d'hommes. Je connais à Bombay trois braves négociants — deux Parsis et un Anglais — qui craignent Dieu, qui font leur prière en famille matin et soir, et qui se sont associés l'an dernier pour avoir le monopole du riz dans la présidence de Bombay. En quinze jours, leurs habiles manœuvres ont doublé le prix de cette marchandise, qui fait vivre trente millions d'hommes. Quarante mille Hindous sont morts de faim ; le reste se serrait le ventre ; les trois pieux marchands ont fait une fortune prodigieuse. Est-ce que tu refuseras de serrer la main à ces braves gens ? Ils n'ont violé aucune loi. Rien ne défend d'acheter du riz et de faire du bénéfice en le revendant.

— Et voilà pourquoi tu t'es retiré dans ton île comme Robinson Crusoé ?

— Oui. Là, du moins, je suis à l'abri des autres hommes. Et, tiens, il est huit heures du matin. Nous ne sommes qu'à deux mille lieues de Quaterquem. Viens visiter mon île. En ne nous pressant pas trop, nous arriverons vers six heures du soir. Nini nous fera un excellent souper, et nous passerons la soirée ensemble en causant de *omni re scibili et quibusdam aliis*[1]. Tu verras si ma solitude, où j'ai toutes les roses de la civilisation — mais les roses sans les épines — ne vaut pas bien ton royaume, ta couronne et ton espérance d'être un jour empereur de l'Inde.

— Peut-être as-tu raison, dit Corcoran. Au reste, ne pensons plus à cela, et voyons ton île. Je me fais une fête de goûter

1. « De tout et de rien. »

ce soir la cuisine de Nini et d'embrasser M. Zozo, s'il est bien propre. »

A ces mots la *Frégate* reçut un choc inattendu. C'était Acajou qui sautait de joie à la pensée de dîner avec Nini ce jour-là même.

« Oh ! massa Quaterquem, s'écria-t-il, bon comme pain chaud ; tendre comme gâteau de riz qui sort du four. Oh ! Nini bien contente, Nini revoir Acajou, caresser Acajou, passer mains dans cheveux d'Acajou. Nini retrousser manches, pétrir farine, cuire tarte aux pommes. Acajou peler pommes à côté de Nini, tourner broche pour Nini. Acajou tremper son pain dans lèchefrite quand Nini tourne le dos. Acajou tenir Zozo sur ses genoux et dîner avec Zozo. Acajou, chanter à Zozo la chanson du crocodile qui avait perdu ses lunettes :

Lunettes à Croco
Sur nez à Zozo.

En même temps, le Nègre imitait successivement Nini, Zozo, le crocodile et riait de tout son cœur.

« Regarde bien ce pauvre Acajou, dit tout bas Quaterquem à son ami. Il n'est pas savant, lui, ni fier, ni intrépide, ni prévoyant, ni intelligent, ni hardi comme toi ; il n'est pas maharaja et bien moins encore songe-t-il à devenir empereur des Indes orientales. Nini et Zozo, Alice et moi, voilà tout son horizon ; ma maison, mon île dont on peut faire le tour en trois heures, voilà son univers ; eh bien, il est mille fois plus heureux que toi qui travailles, te tourmentes pour arriver à un but chimérique et qui mourras d'une balle tirée parderrière dans quelque combat d'avant-garde, au moment où tu te croiras près de rendre la liberté à cent millions d'esclaves.

— Et tu conclus de là, interrompit Corcoran, que je ferais mieux d'imiter Acajou ? Mon cher ami, c'est demander au pommier de donner des prunes. Aujourd'hui le vin est tiré, il faut le boire. »

Pendant cette conversation, la *Frégate*, dirigée par une main habile et sûre, fendait l'air avec une vitesse que rien ne peut égaler sur la terre, si ce n'est la lumière ou l'électricité.

Des bords de la mer Caspienne où elle était partie, elle rebroussa chemin vers l'Orient, atteignit en une heure les premières pentes des monts Himalaya, et plana quelque temps au-dessus des montagnes du Tibet, couvertes de neiges éternelles.

Là, comme la réverbération de la neige fatiguait les yeux des voyageurs en même temps que le froid commençait à les gagner, malgré les couvertures et les épais vêtements dont le prévoyant Quaterquem avait eu soin de se pourvoir, la *Frégate* inclina vers le sud et déploya bientôt ses grandes ailes dans la vaste et sombre vallée du Gange, la plus fertile de l'univers.

On voyait le fleuve sillonné dans son cours d'une immense quantité de bateaux à voiles de toutes grandeurs.

Enfin les voyageurs aperçurent de loin Calcutta.

Il était déjà midi, et un soleil brûlant faisait rentrer les animaux et les hommes dans leurs habitations. La ville immense semblait presque déserte. Çà et là quelques groupes d'Indiens couchés à l'ombre des portiques dormaient paisiblement. Mais pas un Européen ne traversait les rues. Les magasins étaient déserts, et la nature semblait goûter le repos.

« Regarde le fort Williams, dit Corcoran. C'est là que sont nos plus redoutables ennemis. Vois le drapeau anglais qui flotte au-dessus de ce palais. Ce drapeau indique le palais de sir Henry Braddock. Pour un palais magnifique et coûteux, que de masures dans cette immense capitale !

— Eh ! mon ami, regarde Paris et Londres. Tu rencontreras les mêmes contrastes. »

Pendant que les deux amis philosophaient ainsi, la *Frégate*, poursuivant son vol dans l'espace, s'élançait à tire-d'aile vers l'Indochine. En moins de deux heures elle dépassa l'empire birman, Siam, le pays des Annamites et l'île sombre et volcanique de Sumatra.

« Tu vois aujourd'hui, dit Quaterquem au maharaja, ce qu'aucun œil humain n'avait vu avant moi. Dans ces vallées immenses où coulent des fleuves auprès desquels le Danube et le Rhin ne sont que des ruisseaux, l'Européen est un être inconnu. A peine çà et là quelques pieux missionnaires s'engagent dans ces forêts inextricables où les Siamois eux-mêmes et les Annamites n'ont pas osé tracer des routes. »

Déjà le continent de l'Asie semblait fuir sous les voyageurs immobiles. On aurait cru que les nuages se précipitaient avec une vitesse effrayante sous les ailes de la *Frégate*. Pour éviter d'être mouillé par leur contact, Quaterquem faisait mouvoir un secret ressort et s'élevait tout à coup à une hauteur prodigieuse ; puis, quand le ciel redevenait pur, il redescendait à quatre ou cinq pieds de terre.

Enfin le voisinage du grand océan se fit sentir. Déjà l'atmosphère s'imprégnait d'odeurs salines, et les vents essayaient tantôt d'arrêter, tantôt de précipiter le vol de la *Frégate*. Mais elle, d'un mouvement toujours égal, fendait sans peine ces obstacles impuissants.

« Ceci, dit Quaterquem, c'est la mer de Chine. Je commence à sentir que j'approche de mes États, car j'ai des États, moi aussi, bien que mon seul sujet — et je ne désire pas en avoir d'autres — soit maître Acajou que voilà. Écoute, maharaja que tu es. Ceci est le bruit de l'océan qui se brise contre les rochers de Bornéo. Une belle île, Bornéo ; mais le sultan qui la gouverne a de mauvaises habitudes ; il aime la chair fraîche et ne ferait qu'une bouchée de toi et de moi, si l'envie nous prenait d'aborder dans ses États.

— J'ai connu pourtant dans mes voyages, dit Corcoran, un Anglais, M. Brooke, qui est venu s'établir tout près de lui, et pour ainsi dire dans la gueule du monstre, à Sarawak.

— Oui, oui, je sais son histoire. M. Brooke est un très galant homme qui avait servi la Compagnie des Indes. Ayant fait fortune, il s'ennuya. C'est un misanthrope, à peu près comme moi. Il voulait fuir l'Inde, l'Angleterre et tous les pays civilisés. Idée assez naturelle du reste à un Anglais. Mais tout Anglais a besoin d'être riche et confortable ; or la fortune de celui-là n'était pas inépuisable. Il fréta un petit vapeur de guerre, le munit de vingt canons, comme on prend son fusil pour chasser le lièvre, et vint chasser le Malais dans les mers de la Chine. Regarde au-dessous de toi…

« Depuis la presqu'île de Malacca jusqu'à l'Australie, ce n'est qu'un immense archipel. Il y a là plus d'îles que de cheveux sur ma tête. Or, les Malais qui s'ennuient de tenir compagnie dans son île au sultan de Bornéo, ont des milliers de barques pontées qui s'embusquent dans tous les coins de l'archipel, et qui attendent au passage les marchands de la Chine, de l'Angleterre et des États-Unis. Ils n'attendent malheureusement pas les nôtres, et pour cause. Il ne passe pas cinquante vaisseaux français par an dans ces parages.

« Brooke, qui est un spéculateur hardi et aventureux, offrit aux marchands de Singapour de faire pour eux la police de la mer, à condition qu'ils lui donneraient cinquante francs par tête de pirate maltais. Le marché fut accepté et scrupuleusement rempli des deux parts.

« Il gagna, dit-on, quelques centaines de mille francs dans ce petit commerce. Sa renommée s'étendit dans l'archipel, et le sultan de Bornéo, qui craignait de fournir à ce philanthrope l'occasion de gagner une prime de plus, lui offrit son alliance et la petite île de Sarawak, où Brooke vit comme un patriarche à cheveux blancs, entouré des bénédictions des peuples. Vois son île et sa maison, qui ressemble à une forteresse, entourée d'un fossé, comme Lille ou Strasbourg. Un de ces jours nous irons lui demander à déjeuner. »

Cependant le jour commençait à baisser.

« Quelle heure est-il ? demanda Corcoran.

— Quatre heures trois quarts. Il est temps d'arriver. Nini, si nous tardions davantage, serait capable d'aller se coucher avec monsieur Zozo, et nous souperions mal... Hop ! la *Frégate* ! hop ! la belle ! En avant ! »

A ces mots, la *Frégate*, qui semblait comprendre les intentions de son guide, bondit d'un élan nouveau dans l'espace.

« Nous allons en ce moment-ci avec une vitesse de trois cent cinquante lieues à l'heure, dit Quaterquem. Si nous rencontrions le sommet de quelque montagne, nous serions brisés comme un verre de Bohême... Ah ! enfin ! nous touchons au but. »

Au même instant, la *Frégate* s'arrêta si brusquement que les trois voyageurs faillirent passer par-dessus le parapet.

« C'est la faute d'Acajou, dit Quaterquem. Par trop d'impatience de revoir Mme Nini et le jeune M. Zozo, il a arrêté tout à coup la machine et nous avons failli vider les étriers... Patience, maître Acajou. Il s'agit, avant tout, de ne pas se casser les jambes. »

Au même instant, deux cris se firent entendre :

« Acajou ! massa Quaterquem !... Papa ! »

C'étaient Nini et Zozo qui accouraient.

XVIII

L'île de Quaterquem

Je ne dirai pas que Nini était la plus belle personne de l'île de Quaterquem ; ce ne serait pas assez dire puisqu'elle était seule en l'absence d'Alice. J'irai plus loin et je proclamerai que Nini était d'une beauté admirable. Il est vrai qu'elle avait la peau noire, mais d'un si beau noir ! et les dents étaient si blanches ! Le nez était un peu camard, il faut l'avouer, mais si peu ! et les yeux étaient si beaux, si noirs, si pleins de tendresse et de douceur ! Les lèvres un peu épaisses. Pourquoi non ? Aimez-vous mieux les lèvres pincées et serrées qu'on voit sous le nez de tant de Françaises et qui n'indiquent pas, je le crains, une grande bonté de caractère ?

Naturellement, tout le reste de la personne était admirablement moulé. Phidias lui-même, qui était, dit-on, un connaisseur, n'aurait pas trouvé mieux.

La beauté de Nini était d'autant plus frappante qu'elle n'avait pas surchargé sa personne d'ornements superflus.

Si l'on excepte un collier de corail, des pendants d'oreilles d'un grand prix, une dizaine de bagues placées indifféremment aux pieds et aux mains et quatre bracelets qui entouraient les bras et se faisaient voir au-dessus des chevilles, Nini n'avait rien sacrifié à la vaine gloire. Elle n'avait ni corset, ni crinoline, ni bottines, ni brodequins, ni souliers, ni sabots, ni bas, ni pantoufles, mais elle était vêtue d'une robe de soie rouge qui faisait son orgueil et le bonheur d'Acajou.

Une seule chose lui manquait ; c'était un anneau d'or dans son nez, et Acajou déplorait, comme elle, que massa Quaterquem et maîtresse Alice n'eussent pas voulu permettre cet ornement indispensable à la beauté.

M. Zozo, âgé de deux ans à peu près, avait la couleur et la grâce de sa mère, à qui il ressemblait trait pour trait. C'était déjà un luron fort hardi qui criait comme un homme et plus qu'un homme, qui mangeait comme un loup, qui faisait claquer son fouet comme un postillon, qui léchait toutes les casseroles et qui se rendait utile autant que possible en cassant les plats, les verres et les assiettes.

Du reste, un charmant enfant. Ses vêtements, moins compliqués que ceux de sa mère, consistaient en une chemise courte qui laissait à nu ses jambes et ses épaules et un mouchoir de poche cousu par Mme Nini à la chemise de son fils, afin qu'il ne pût pas perdre l'un sans l'autre.

Du reste, Zozo se mouchait plus volontiers avec la manche de sa chemise qu'avec son mouchoir ; mais enfin, le mouchoir étant là, le principe était sauvé.

Nini et Zozo firent aux voyageurs l'accueil le plus joyeux et le plus empressé. Nini se jeta dans les bras d'Acajou et Zozo dans les jambes de Quaterquem.

« Oh ! massa Quaterquem ! s'écria Nini, nous bien heureux de vous revoir. Nini s'ennuyer beaucoup loin de maîtresse Alice.

— Et de moi ? demanda le pauvre Acajou.

— Oh ! toi parti, bon débarras », dit Nini en riant de toutes ses forces.

Mais sa figure joyeuse démentait ses paroles.

« Maîtresse Alice ne reviendra pas avant huit jours, dit Quaterquem. Nini, prépare-nous le souper et fais de ton mieux pour contenter le maharaja. »

En même temps, Quaterquem emmena son ami dans le jardin pour lui montrer les arbres qu'il avait plantés.

« Acajou, dit Nini, qu'est-ce que maharaja ?

— Maharaja ? répondit Acajou en se grattant la tête ; maharaja ? Acajou bien embarrassé. Maharaja, grand prince, riche, puissant, faire couper têtes à volonté et empaler tout le monde. »

A cette description terrible du maharaja, Nini commença à trembler de frayeur.

« Mais, dit-elle encore, qu'est-ce qu'empaler ? »

Ici Acajou fit le geste d'asseoir un homme sur un pieu pointu, ce qui fit beaucoup rire Zozo et calma un peu la frayeur que lui causait déjà le mot de maharaja.

Cependant Quaterquem et Corcoran visitaient la maison de haut en bas, ce qui n'était pas bien difficile, car elle ne se composait que d'un rez-de-chaussée, flanqué de deux pavillons à ses extrémités, et d'un grenier.

« La cuisine est commode et vaste, comme tu vois, dit Quaterquem. Ce n'est pas moi qui l'ai établie, c'est le révérend Smithson. Aux nombreux fourneaux dont elle est pourvue, on devine que mon vendeur et sa famille étaient doués d'un vaste appétit. Ceci est la chambre d'Alice. Comme le révérend n'attendait pas de visites, il n'a pas pris la peine de construire un salon, quoique, Dieu merci, la place ne manquât pas. Si tu viens t'établir ici, nous ferons un parloir, car Alice, qui est anglaise de la tête aux pieds, ne me pardonnerait pas d'introduire, même en son absence, un gentleman, fût-ce mon meilleur ami dans sa chambre à coucher.

« De l'autre côté de la cuisine est la salle à manger. Vois ces dressoirs et ce buffet : ne dirait-on pas qu'ils ont été sculptés pour Catherine de Médicis par un artiste florentin ? Eh bien, ils n'ont coûté au révérend, mon prédécesseur, que la peine de les ramasser sur la plage. Ils proviennent de quelque navire inconnu qui les portait sans doute à Melbourne ou dans quelque autre ville australienne.

« Dans le pavillon de droite est ma bibliothèque. Viens

voir cela. C'est un magnifique fouillis de volumes de tous les temps, de toutes les langues et de toutes les nations. Tu pourrais y faire, toi qui serais bibliophile si tu n'étais maharaja, des découvertes précieuses.

— Voyons cela », dit Corcoran avec empressement.

La pièce qui servait de bibliothèque était de beaucoup la plus grande de toute la maison. Cinquante mille volumes environ garnissaient les rayons de bois de chêne. Naturellement, ces livres de toute origine étaient écrits dans toutes les langues ; mais le français et l'anglais dominaient. On voyait là, rangés dans un ordre parfait :

Dix-huit exemplaires de Shakespeare ;

Douze exemplaires d'Homère (deux en grec, trois traductions anglaises, cinq traductions françaises et deux allemandes) ;

Soixante-quinze volumes du *Musée des familles ;*

Vingt-trois exemplaires de *Don Quichotte de la Manche* ;

Puis des romans sans nombre de Walter Scott, d'Alexandre Dumas, de Paul de Kock, de George Sand et de quelques contemporains plus jeunes que je ne nommerai pas ici afin d'épargner leur modestie.

Mais de tous les auteurs morts ou vivants, celui qui paraissait obtenir le plus grand et le plus incontestable succès, c'était — pourquoi le nier puisque les lecteurs de toutes les nations le proclament ? — M. le vicomte Ponson du Terrail. La Bible seule le dépassait. Encore fallait-il remarquer que presque tous les exemplaires de la Bible étaient anglais, et qu'un Anglais digne de ce nom ne voyage guère sans sa Bible.

« A parler franchement, dit Quaterquem, mon mobilier est un vrai bric-à-brac amassé à force de patience par mon prédécesseur. La seule chose qui soit vraiment à moi dans ce mélange singulier d'objets de toute espèce et de toute origine, c'est ce que je vais te montrer… Acajou ! »

Le Nègre accourut.

« Laisse là Nini et Zozo, qui goûteront bien les sauces sans toi. Va seller Plick et Plock. Le maharaja veut faire un tour de promenade avant le coucher du soleil. »

Acajou disparut et reparut presque aussitôt.

« Plick et Plock attendent massa Quaterquem », dit-il.

C'étaient deux beaux petits chevaux de race shetlandaise, un peu moins grands que des ânes, mais d'une vitesse, d'une vivacité et d'une beauté de formes vraiment admirables.

Corcoran félicita son ami.

« J'aurais volontiers apporté dans l'île des chevaux arabes ou turcomans, répliqua Quaterquem, mais ma *Frégate* n'est pas encore assez bien aménagée pour cela. Ç'aurait été trop d'embarras. »

Malgré leur petite taille, Plick et Plock étaient de vaillants coureurs, et sur la pelouse de Chantilly on aurait eu peine à trouver leurs égaux ; aussi, en moins d'un quart d'heure, ils arrivèrent à la pointe méridionale de l'île et les deux promeneurs mirent pied à terre auprès d'un belvédère, situé sur une colline très élevée qui dominait l'île tout entière.

Ils montèrent au sommet du belvédère, et Quaterquem montrant la mer qui paraissait paisible :

« Tu vois, dit-il, ce léger remous qui va doucement languir et expirer sur le sable au pied de la falaise ; c'est le gouffre dont je t'ai parlé. Ce soir, on dirait un lac d'huile ; c'est que nous sommes au moment où la tempête est apaisée. Dans une demi-heure elle va recommencer. Les vagues reflueront vers la haute mer et s'engouffreront dans un vaste entonnoir que tu pourrais distinguer parfaitement d'ici.

« Tourne-toi maintenant, et regarde à ta gauche. Voici mes orangers, mes bananiers et mes citronniers. Voici mes champs et mes prairies, car j'ai de tout dans mes étables, des moutons, des bœufs, des vaches, des poules, des dindons, des cochons surtout ; c'est le fruit principal du pays… Mais tu ne me dis plus rien, maharaja ! à quoi rêves-tu ?

— Je rêve, dit Corcoran, au dîner que Mme Nini doit être en train de nous préparer. Cette vallée que tu me montres est délicieuse. Le ruisseau qui coule sous les arbres, entre ces rochers de granit, est limpide et profond. La colline boisée l'abrite contre le vent qui vient de la mer ; ta maison complète admirablement le paysage ; enfin tu dois être heureux ici, et je sens que je serais heureux avec ma chère Sita sous ces ombrages ; mais le moment n'est pas encore venu. Se reposer avant la fin du jour est une lâcheté. Par un rare bonheur, j'ai peut-être entre les mains le moyen de délivrer cent millions d'hommes, et j'irais m'enfermer dans ta joyeuse abbaye de Thélème ! Non, par Brahma et Vichnou, ou je vaincrai ou je périrai, et si la Providence me refuse également la mort et la victoire, eh bien, je ne dis pas non… peut-être… En attendant, allons dîner, car le rôti brûle et la nuit tombe. »

Corcoran ne se trompait pas. En arrivant, il aperçut Acajou qui rôdait d'un air inquiet pour avertir que le dîner était servi et que Nini commençait à s'impatienter.

En un clin d'œil, Plick et Plock, dessellés, débridés, s'échappèrent au galop dans la prairie. La beauté du ciel, la douceur du climat, l'absence des voleurs et des bêtes féroces ôtaient tout danger à cette liberté.

En entrant dans la salle à manger, le maharaja fut étonné de l'élégance et de la beauté du service. On ne voyait partout que vermeil, or, argent, ivoire et vieux sèvres. Tout cela était marqué des initiales les plus diverses. On y trouvait de tout, jusqu'à des couronnes de comte, de duc et de marquis.

Le dîner était abondant et varié, les sauces exquises. Corcoran en fit la remarque et félicita Nini.

« Ceci n'est rien auprès des conserves, dit Quaterquem. Tout ce que l'univers produit de plus exquis arrive en abondance sur nos côtes par l'invariable chemin du naufrage. J'ai des montagnes de jambons de Reims et de viandes de toute espèce. J'ai fini par ne plus même ramasser ce butin encombrant. Acajou a ordre de ne plus faire collection que de vin et de livres. Ma cave et ma bibliothèque sont, grâce à l'océan, les plus belles de l'univers. Les vins sont exquis. Tu comprends bien qu'on ne se donne pas la peine d'envoyer de la piquette en Australie ; la marchandise ne vaudrait pas le prix du transport. Quant à rapporter tout cela aux propriétaires, outre que je ne sais pas à qui ces trésors appartiennent, ma *Frégate* n'est pas assez bien outillée pour me permettre de me montrer si généreux. Tout ce qu'elle peut transporter ne va pas au-delà du poids de deux mille cinq cents ou trois mille kilogrammes de *poids utile*. Le *poids mort* est de quinze cents kilogrammes. C'est te dire que mon outillage sera perfectionné avant peu... Comment trouves-tu ce vin-là ?

— Excellent.

— Mon ami, c'est du vin de Constance de l'année 1811. Je n'en ai que vingt-cinq bouteilles, mais j'ose dire que tous les rois de l'univers se coaliseraient inutilement pour t'en faire boire de pareil. Il y a quinze ans qu'il est dans l'île, étant arrivé en même temps et par la même voie que le révérend Smithson. Mais ce constance n'est rien encore auprès d'un certain vin de Champagne dont je ne connais pas l'origine, mais dont j'ai, Dieu merci, abondante provision. A coup sûr, Jupiter et Bouddha, s'ils savaient ce que c'est, descendraient sur la terre pour trinquer avec moi. »

Ainsi buvant, fumant et causant librement, fenêtres ouvertes, doucement caressés par la brise et par le bruit des vagues, les deux amis sentirent enfin leurs paupières s'appesantir. Voyant que Corcoran ne l'écoutait plus qu'à peine, Quaterquem le conduisit lui-même à la chambre qui lui était destinée.

« Voici des bougies, dit-il, et des livres, si tu veux lire. Voici de la limonade, si tu veux boire. Voici de l'encre et du papier, si tu veux écrire un poème épique. Bonsoir, oublie tes sujets, tes ennemis, tes projets, ta diplomatie et tout ce qui te donne l'air si préoccupé. Tu es sous le toit d'un ami. Dors en paix. »

Et il sortit sans fermer la porte.

A quoi bon ? Quel ennemi avait-il à craindre ?

Puis il se coucha lui-même et s'endormit du plus profond sommeil.

Acajou, Nini et Zozo ronflaient de toutes leurs forces. Dans cette île bienheureuse, personne n'avait d'insomnie.

XIX

Rêve du maharaja

Vers trois heures du matin, Corcoran fut tiré de son sommeil par un rêve épouvantable.

Comme il n'en a donné les détails à personne, pas même à Quaterquem, son plus intime ami, nous serons forcés de garder le secret comme lui-même ; mais il fallait que ce rêve fût bien rempli de funestes pressentiments, car, dès le point du jour, le maharaja se leva et alla éveiller son ami.

Quaterquem ouvrit un œil, étendit les bras en bâillant et dit :

« Eh bien, qu'est-ce ?

— Partons.

— Comment ! partir ! Tout le monde dort, Acajou ronfle, et moi-même je…

— Alors, je vais partir seul.

— Sans déjeuner ?… Nini ne te le pardonnerait pas.

— Déjeunons, s'il le faut, pour obéir à Nini ; mais souviens-toi que je dois être à Bhagavapour dans l'après-midi. J'ai le pressentiment qu'un affreux danger nous menace. Que le déjeuner soit prêt dans cinq minutes et la *Frégate* dans un quart d'heure. »

Ce qui fut fait.

Mme Nini, très satisfaite des présents que Corcoran lui faisait — deux châles du cachemire le plus pur, qui avaient appartenu à la sultane favorite de Tipoo Sahib —, se jeta dans les bras d'Acajou, qui monta dans la *Frégate* en grognant de toutes ses forces, non sans avoir embrassé Zozo, qui se frottait les yeux avec ses deux poings, et qui sanglotait comme si son père avait dû être fusillé cinq minutes plus tard.

XX

Grande conversation de Louison et de Garamagrif avec le puissant Scindiah

Cependant Sita faisait de son mieux les honneurs de son palais à la belle Alice.

Elles allaient toutes deux en palanquin, sous la garde d'Ali et suivies d'une nombreuse escorte, chasser et se promener dans la forêt. Comme par bonheur Sita était brune, tandis qu'Alice était blonde, et comme aussi il n'y avait personne pour les regarder — j'entends qu'il n'y avait que des moricauds —, elles n'étaient point rivales, et la beauté de l'une faisait merveilleusement valoir celle de l'autre. De là, en quelques heures, une amitié touchante et cordiale.

Sougriva, chargé du gouvernement en l'absence du maharaja, s'acquittait très bien de ses fonctions difficiles. Déjà, suivant l'ordre de son maître, il venait d'envoyer l'ordre à tous les zémindars et à tous les députés de se réunir à Bhagavapour. Comme il s'attendait chaque jour à recevoir la nouvelle de l'attaque des Anglais, Corcoran avait voulu convoquer son parlement mahratte afin de lui demander son appui dans la guerre qu'il allait soutenir.

A vrai dire, Corcoran ne comptait pas beaucoup sur le courage de son parlement ou de ses soldats ; mais le parlement lui était utile — à ce qu'il croyait — pour intimider les traîtres, car il se souvenait toujours des révélations qu'il avait lues dans la dépêche adressée par Doubleface à lord Henry Braddock.

Du reste, avec l'aide de Louison, la lutte lui paraissait presque engagée à égales forces. Louison valait une armée. Malheureusement Louison était mariée au seigneur Garamagrif. Louison avait un fils, le jeune Moustache. Louison, devenue mère de famille, avait d'autres intérêts dans la vie, d'autres amis et d'autres ennemis que Corcoran.

Grave sujet d'inquiétude.

On se souvient aussi que la paix avait toujours été fort chancelante entre Louison, Garamagrif et Scindiah.

Garamagrif, rallié à grand-peine, était toujours le tigre orgueilleux, sauvage et redoutable que nous avons connu. Il n'avait pas oublié ses anciennes querelles avec Scindiah et ce fameux caillou qui avait laissé sur sa queue une si désagréable cicatrice. Or Garamagrif était très justement fier de sa beauté ; et, bien que Louison eût essayé de le consoler en attestant qu'il était plus beau que jamais, il ne s'en faisait accroire et ne cherchait qu'une occasion de se venger.

L'absence du maharaja fut cette occasion, et Garamagrif, qui craignait par-dessus tout la colère de Corcoran, résolut de satisfaire sa vengeance pendant que le maître et Sifflante, sa bonne cravache, n'étaient pas là. De son côté, Louison, rancunière comme toutes les personnes de son sexe, ne jugea pas à propos de l'en détourner.

Quant à Scindiah, toujours sage, prudent et réservé, dans ses actions comme dans ses discours, il s'apercevait bien des mauvaises dispositions de ses compagnons, mais il ne soufflait mot, regardant du coin de l'œil, s'attendant à tout et se préparant à leur donner une leçon dont ils se souviendraient longtemps.

Les cœurs étant ainsi aigris, et personne n'ayant assez de crédit et d'autorité pour en imposer aux deux tigres et à l'éléphant, la querelle éclata de la manière suivante.

Le jour même où Corcoran et Quaterquem quittaient leur île par le chemin des airs, vers quatre heures et demie du soir — ou peut-être cinq heures —, Alice et Sita revinrent de la promenade, portées par le puissant Scindiah, qui marchait d'un pas lent et lourd, mais sûr et majestueux, et qui les déposa dans la grande cour intérieure, au pied de l'escalier du palais d'Holkar.

A peine étaient-elles rentrées, lorsqu'un rugissement, qui ressemblait à un éclat de rire — mais rire de tigre, ce rire qui fait trembler les lions —, éclata derrière Scindiah.

Garamagrif le désignait ainsi aux moqueries de Louison et tous deux, l'un à droite, l'autre à gauche, regardaient le bon éléphant avec une curiosité maligne et méprisante.

Le rugissement de Garamagrif — autant du moins qu'on peut en juger par le peu qu'on connaît de la langue des tigres — signifiait à peu près ceci :

« Louison, regarde-moi ce gros colosse. As-tu rien vu de plus laid, de plus bête et de plus mal bâti. Aussi tout le monde s'en moque. On lui met sur le dos les charges les plus pesantes. Les ânes eux-mêmes, qui n'ont pas une grande réputation d'intelligence, refusent quelquefois d'obéir ; mais celui-ci, fier et heureux, se dandine comme un marquis, et il n'a même pas la grâce d'un charbonnier. Pouah ! la vilaine bête ! »

A quoi Louison répondit dans sa langue :

« Ami Garamagrif, je reconnais dans ce portrait peu flatteur ton esprit mordant et juste. Tu as le coup d'œil précis. Ce pauvre Scindiah est fait comme un bloc taillé à coups de hache. Sa peau est sale comme celle du crapaud. Sa tête est lourde, son ventre énorme comme celui d'un banquier trois fois millionnaire ; ses jambes sont si courtes qu'on croirait qu'il les a changées au vestiaire et à la place de celles que la nature lui a données, il a emprunté celles d'un cochon siamois ; il ne se lave jamais, aussi est-il plus sale qu'un babouin ; ma foi, je ne sais pas quelle est l'éléphante en peine de placer ses affections qui voudra jamais de lui. »

Scindiah, voyant que la conversation commençait ainsi,

s'étendit à terre sur ses quatre pattes et, d'un air indolent, fermant à demi les yeux, prêta l'oreille aux compliments que le seigneur Garamagrif et son épouse lui prodiguaient.

« Ce qu'il y a de pire, continua Garamagrif, encouragé par le calme apparent de son ennemi, c'est que ce gros butor n'est pas seulement idiot, hideux et gourmand, il est encore plus lâche. Regarde-le : il entend bien tout ce que nous disons. Vois s'il ressentira l'outrage comme un gentilhomme de bonne race qui sait tirer l'épée et défendre son honneur.

— Mais, dit Louison, de quelle épée veux-tu qu'il se serve ? à moins que par épée tu n'entendes ce nez prodigieux qui est si long, si long, qu'on pourrait en faire un pont pour passer le Gange.

— Pour conclure, Scindiah n'est qu'un pleutre.

— Un lâche, ajouta Louison. Et pour preuve, je vais sauter par-dessus, et je parie qu'il n'osera rien dire.

— Bravo ! saute. »

Louison fit le saut, comme elle l'avait dit.

Scindiah ne remua pas plus que s'il avait été de granit ou de marbre.

« Parbleu ! rugit Garamagrif, il ne sera pas dit que tu auras fait mieux que moi. Tu as franchi Scindiah en large ; moi, je vais le franchir en long. »

Et, prenant son élan, il sauta de la queue à la tête.

Mais cette idée ne fut pas aussi heureuse que celle de Louison, car Scindiah, voyant le tigre bondir en l'air, allongea sa trompe par un mouvement si prompt et si adroit qu'il le saisit au passage, l'enleva malgré ses griffes et le lança sans effort jusqu'à la hauteur du second étage du palais.

A cette vue, Louison poussa un rugissement si terrible que Sita et Alice, en l'entendant, frémirent de frayeur.

« Séparez-les ! » s'écria Sita.

Mais personne n'osait s'approcher.

Seul le petit Rama, fils de Corcoran, qui jouait sur le tapis avec son ami Moustache, voulut descendre et rétablir la paix ; mais Sita le retint.

Quant aux serviteurs du palais, ils tremblaient de tous leurs membres et fermaient soigneusement les portes.

Le premier rugissement de Louison fut suivi d'un second, plus formidable encore. Garamagrif, enlevé par la trompe de Scindiah jusqu'à la hauteur du second étage, avait espéré du moins mettre enfin pied à terre et prendre sa revanche ; mais Scindiah ne le permit pas.

A peine fut-il revenu à portée de sa trompe que l'éléphant le rattrapa et le lança en l'air une seconde fois ; puis, s'adossant au mur du palais, pour que Louison ne pût l'attaquer par-derrière, il continua de jongler avec le malheureux tigre, dont les rugissements furieux fendaient l'âme des personnes sensibles et déchiraient les oreilles des spectateurs les plus indifférents.

Louison ne resta pas inactive et, comme font les grands capitaines, essaya de tourner l'ennemi.

Mais Scindiah ne la perdait pas de vue et veillait soigneusement sur ses flancs ; et quant à ses derrières, grâce au mur auquel il était adossé, il se croyait en sûreté.

Pendant que Louison faisait son plan de bataille, les rugissements de Garamagrif redoublaient. Il semblait dire :

« Vas-tu me laisser périr ? »

Enfin elle se décida, prit son élan, fit une feinte sur la gauche ; puis d'un bond, elle tomba sur le cou de Scindiah et commença à lui déchirer l'oreille droite.

Ce fut au tour de Scindiah de crier et de se lamenter. Il laissa tomber Garamagrif à terre et voulut saisir Louison, mais Louison ne lâchait pas prise, et Garamagrif, redevenu libre de ses mouvements, quoique un peu éclopé par sa chute, saisit à son tour l'autre oreille et commença à la mordre à belles dents.

Scindiah, fou de douleur et de rage, aveuglé par le sang

qui coulait jusque sur ses yeux, étourdi par les rugissements féroces des deux tigres, perdant même la conscience de ses actions, galopait au hasard dans la cour. C'était un spectacle effrayant.

Enfin, ne pouvant avec sa trompe les saisir tous les deux à la fois et ne sachant par qui commencer, il se roula par terre et chercha à les écraser sous son poids.

Louison, trop agile et trop adroite pour se laisser prendre à ce piège, abandonna sa proie et Garamagrif lui-même, quoique plus acharné, sentant craquer ses os à chaque mouvement de l'éléphant, lâcha prise.

Il y eut alors une courte trêve. Chacun avait de nouvelles injures à venger et voulait porter le dernier coup.

Scindiah reprit promptement son poste de bataille et s'adossa encore au mur ; mais un nouvel ennemi se présenta, qui vint aggraver sa triste situation.

C'était le tigrillon de Rama, le jeune Moustache, qui, de la fenêtre du premier étage, voyait tout le combat et qui, retenu à grand-peine par Rama, avait cru le moment venu de secourir son père et sa mère.

Au moment où Scindiah s'attendait le moins à recommencer la lutte et essuyait en silence, avec sa trompe, le sang qui coulait de ses oreilles, Moustache sauta sur le derrière de l'éléphant et essaya d'enfoncer ses griffes et ses dents dans la cuirasse épaisse qui protégeait son ennemi.

Cette tentative ralluma la fureur de l'éléphant qui saisit le malheureux Moustache et le lança contre le mur avec une telle force que si Louison, toujours attentive, n'eût pas été là pour ressaisir à la volée son nourrisson, c'en était fait, hélas ! de sa postérité.

Le combat recommença, furieux ; mais Louison, occupée de modérer l'impétuosité du jeune Moustache, ne montrait plus le même acharnement.

Quant à Scindiah, sa colère était au comble.

Il y avait dans la cour une énorme barre de fer qui fermait la porte extérieure du palais. Scindiah, négligeant le soin de sa sûreté et ne pensant qu'à sa vengeance, arracha cette barre d'un puissant effort et en porta un coup terrible à Garamagrif, qui lui rongeait en ce moment le dos avec ses dents et ses griffes.

Le coup fut tel que le tigre eut la queue écrasée et presque séparée du corps. Cette belle queue, alternativement blanche et noire, dont il était si justement fier, pendait désormais comme un poids inerte. Louison en poussa un rugissement de colère et recommença le combat pour son compte.

Mais, au moment où la fureur des deux partis semblait ne pouvoir s'éteindre que dans le sang de l'ennemi, Alice et Sita, qui regardaient les combattants avec une frayeur facile à comprendre, poussèrent un cri de joie :

« Les voilà ! les voilà ! »

Presque au même instant la *Frégate* s'abattit dans la cour avec une promptitude effrayante. Corcoran mit pied à terre, devina tout, saisit Sifflante, sa cravache ou, comme il l'appelait quelquefois, son juge de paix, et en cingla un coup sur le dos de Garamagrif, qui avait ressaisi Scindiah par l'oreille.

Garamagrif lâcha aussitôt son adversaire et, poussant un rugissement, il regarda Corcoran avec des yeux pleins de fureur, comme s'il avait voulu le dévorer.

Mais le maharaja le regarda à son tour d'un air qui fit rentrer en terre le pauvre Garamagrif. Épuisé, couvert de sueur, tout sanglant, il vint se rouler sur le sol aux pieds de Corcoran.

Celui-ci chercha Louison et s'il l'avait aperçue, il est probable qu'elle aurait eu, elle aussi, une petite conversation avec Sifflante ; mais elle avait eu le bonheur de voir venir Corcoran et l'esprit de sauter aussitôt à terre ; de sorte qu'elle s'avança d'un air modeste et doux, comme une jeune pensionnaire qui vient embrasser son papa au parloir.

Mais il lui jeta un regard sévère :

« A bas, Louison ! à bas ! Vous êtes indigne de ma confiance ! Comment ! je vous laisse la garde de mon royaume, de ma femme, de mon enfant, de mes trésors, de tout ce que j'ai de plus précieux au monde, et le premier usage que vous faites de votre liberté est d'étrangler Scindiah ! »

Louison, honteuse d'une réprimande si bien méritée, baissa les yeux.

« C'est elle qui t'a cherché querelle, mon pauvre Scindiah, n'est-ce pas ? » dit Corcoran.

Scindiah abaissa sa trompe affirmativement.

« Console-toi, mon gros ami, je te rendrai justice… Et comment a commencé la querelle ? »

Ici Scindiah fit avec sa trompe divers mouvements pour indiquer qu'on avait voulu se moquer de lui et qu'il n'était pas éléphant à le souffrir.

« C'est bien, dit Corcoran. Garamagrif passera deux jours au cachot. Toi, Louison, tu seras aux arrêts pour cinq jours. »

Garamagrif essaya d'abord de résister, mais la vue de Sifflante le réduisit bientôt à l'obéissance et on l'emmena sans tarder dans les cachots de la citadelle, comme un prisonnier de guerre.

Cette affaire importante réglée, le maharaja et son ami montèrent au premier étage du palais et rendirent compte à la belle Sita et à son amie des incidents du voyage. Comme il achevait son récit, on annonça l'arrivée de Sougriva. Il était fort ému.

« Seigneur maharaja, dit-il, un grand malheur nous arrive.

— Qu'est-ce que je te disais ? s'écria Corcoran en se retournant vers son ami… Oh ! mon pressentiment de ce matin ! »

Puis, prenant à part Sougriva :

« Qu'est-ce ? dit-il.

— Seigneur, répliqua Sougriva, nous sommes trahis. La flottille anglaise remonte la Nerbuddah, soutenue par un corps de quinze mille Anglais et cipayes. Le général Barclay doit, avec son armée, se joindre à celle-ci sous les murs de Bhagavapour.

— Oh ! pour Barclay, il y a peu de chose à craindre. Quant à l'autre, rien n'est perdu. On l'a donc laissé avancer sans le combattre ?

— Seigneur maharaja, le zémindar Uzbeck et une partie du corps qu'il commandait ont passé du côté des Anglais.

— Par le Dieu vivant ! s'écria Corcoran après un moment de réflexion, je les tiens. Garde ces nouvelles pour toi. Je veux que Bhagavapour apprenne en même temps la trahison et le châtiment. Fais seller mon cheval et préparer mon escorte. Toi reste ici. Je pars. J'ai assez fait le maharaja ; je vais faire maintenant le capitaine Corcoran, et j'espère que tout le monde — amis et ennemis — me reconnaîtra. »

XXI

Départ

Quand Sougriva fut parti :

« Eh bien, mon cher ami, dit Quaterquem, que s'est-il passé ? As-tu quelque nouveau Barclay à combattre ? Le premier me semble assez vigoureusement éconduit pour ne pas revenir de sitôt à la charge.

— Comment ! vous avez battu le fameux général Barclay, le héros de Lucknow ? demanda Alice.

— Et si bien battu, dit Quaterquem, qu'il doit galoper en ce moment sur la route de Bombay. »

Et il raconta l'incendie du camp anglais.

Mais il ne reçut pas de sa femme les applaudissements qu'il croyait avoir mérités. Alice se montra même très offensée qu'il eût pris part à cette affaire.

« Ma foi, reprit Quaterquem, je suis resté neutre. C'est Corcoran et ce démon de Baber qui ont tout fait. Je me suis contenté de leur prêter ma voiture.

— Eh bien, cher bien-aimé, dit Alice, s'il vous arrive encore de prêter votre voiture comme vous dites, je vous laisserai seul dans votre île et je retournerai en Angleterre par le plus prochain steamer.

— Diable ! fit Quaterquem, on ne peut même pas rendre le plus petit service à un ami sans que les femmes s'en mêlent. Je te promets de ne plus me mêler de rien. »

Moyennant cette promesse, il eut sa grâce, et Corcoran,

toujours hospitalier, malgré la sortie qu'Alice venait de faire, lui fit ses adieux avec autant de cordialité que si elle eût poussé Quaterquem à le secourir.

Sita offrit à sa nouvelle amie un collier de diamants d'un prix inestimable. Il avait appartenu à la célèbre Nourmahar, qui fut pendant trois générations la plus belle femme de tout l'Hindoustan, et il avait été conquis par le bisaïeul d'Holkar sur le petit-fils de Nourmahar.

Alice se défendit quelque temps de l'accepter, quoiqu'elle en brûlât d'envie ; mais la générosité de Sita lui faisait sentir bien délicatement la dureté qu'elle venait de montrer.

« C'est le souvenir d'une amie, dit Sita. Si mon cher et bien-aimé Corcoran est vainqueur, je n'aurai pas besoin de ces trésors. L'Hindoustan est à nous. S'il est vaincu, il se fera tuer, et moi je ne lui survivrai pas. Je monterai sur le bûcher, comme ma grand-mère Sita la Videhaine ; et, ayant eu le plaisir d'appartenir au plus glorieux des hommes, je me poignarderai moi-même pour le retrouver plus tôt et me confondre avec lui dans le sein de Brahma ! »

Sita parlait avec tant de simplicité qu'Alice vit bien que sa résolution était prise. Elle accepta enfin ce don inestimable et embrassa Sita avec une tendresse véritable. Elle pensait ne la revoir jamais, car, en bonne Anglaise qu'elle était, il lui semblait impossible que Corcoran fût vainqueur. Pour lui, avec une douce et cordiale gravité, il fit ses adieux à Quaterquem et à sa femme et embrassa ses amis en homme résolu à vaincre ou à mourir.

« Mon cher Quaterquem, dit-il au Malouin, je ne sais pas si je te reverrai. Garde-moi cette caisse en dépôt dans ton île. Si tu apprends qu'il nous soit arrivé malheur, ouvre-la. Ce qu'elle contient est à toi. Si je suis vainqueur, je te la redemanderai. »

Et se penchant à son oreille :

« Ce sont les pierreries du vieil Holkar, dit-il à voix basse.

Elles valent plus de quinze millions de roupies. Ce sera, quoi qu'il arrive, l'héritage de Rama. Adieu. »

Ils s'embrassèrent encore, et Quaterquem monta dans la *Frégate* avec sa femme. Avant de prendre son essor :

« Madame, dit-il à Sita, je viendrai le 15 mars à Bhagavapour vous chercher, et je vous emmènerai dans mon île, que vous ne connaissez pas. Corcoran, qui sera, je l'espère, débarrassé de toute inquiétude et qui aura fait sa paix avec lord Braddock, nous accompagnera. Alice va organiser sa maison en conséquence et chercher une femme de chambre. Adieu, cher et ambitieux maharaja. Tu as pris un chemin de traverse pour arriver au bonheur ; mais l'expérience te rendra sage. Adieu. »

La *Frégate* s'enleva dans les airs et se dirigea vers l'Orient.

Corcoran, tout pensif, serra sa femme et Rama sur son cœur, monta à cheval avec son escorte et courut au galop dans la direction de l'armée anglaise.

XXII

A cheval ! MacFarlane ! A cheval !

Pendant deux jours et deux nuits, il galopa presque sans relâche, grâce aux relais qu'il avait fait disposer sur toutes les routes. Son escorte harassée l'avait abandonné tout entière après dix-huit heures d'une course effrénée. Corcoran, sans s'étonner, galopait toujours, ne s'arrêtant que pour changer de cheval, manger un morceau de pain et repartant tout de suite.

Vers le matin du troisième jour, il rencontra enfin des fuyards de sa propre armée. Tout couvert de sueur et de poussière, mais fier et intrépide comme on l'avait toujours vu, il les rallia dès les premiers mots.

Un officier supérieur galopait sans l'écouter. Corcoran le saisit au collet et le retournant de l'autre côté.

« Où vas-tu ? dit-il. C'est là qu'est l'ennemi. »

Et comme l'autre, ne le reconnaissant pas, cherchait encore à fuir :

« Si tu fais un pas de plus, je te brûle la cervelle. »

A ce geste, à ce mot, tout le monde s'arrêta épouvanté. On avait reconnu le maître.

« Seigneur, dit l'officier, nous sommes trahis. Pourquoi n'êtes-vous pas venu plus tôt ?

— Ne me reconnaissez-vous plus ? demanda le maharaja. Qu'on me donne un cheval, et en avant ! »

A peine obéi, sans s'inquiéter s'il était suivi, il courut à l'avant-garde.

L'officier n'avait pas menti. Le camp mahratte était dans le plus affreux désordre. L'armée, commandée par des traîtres que payait l'or des Anglais, avait été mise en déroute cinq jours auparavant. Trois zémindars avaient donné le signal de la fuite. Deux autres, dont l'un était un Afghan, Uzbeck, vieilli au service d'Holkar, avaient passé du côté des Anglais. Le reste, ébranlé par ces fuites et ces défections, avaient tourné le dos dès les premières décharges de l'artillerie anglaise.

Enfin tout paraissait perdu. Mais la vue de Corcoran ranima les courages et fit tourner bride aux fuyards.

« Halte ! » cria-t-il d'une voix retentissante.

Tout le monde obéit à cette voix si connue. Les soldats crièrent :

« Vive le maharaja ! »

Il tira du fourreau son sabre, le propre cimeterre du fameux Timour, qui avait passé par héritage à l'invincible Akbar et au pieux Aurengzeb. Ce sabre, dont la poignée était enrichie de diamants d'un prix inestimable, avait autrefois donné le signal de la mort de plusieurs millions d'hommes. Il avait été forgé à Samarkand par un armurier de Damas, le célèbre Mohammed-el-Din, qui grava sur la lame ce verset du Coran :

Dieu est grand ! Dieu est puissant !
Dieu est vainqueur !

Sa trempe était telle que Timour, au passage de l'Indus, se levant debout sur sa selle, avait fendu depuis le crâne jusqu'à la ceinture un cavalier afghan coiffé d'un casque en acier damasquiné. Quand l'armée le vit resplendir au soleil, personne ne douta plus de la victoire. Les rangs se reformèrent rapidement et l'on suivit le maharaja, qui précédait de vingt pas toute son armée.

La cavalerie anglaise venait de cesser la poursuite et de faire halte pendant la grande chaleur du jour. Croyant n'avoir plus qu'à poursuivre des gens sans armes et sans courage, les Anglais n'avaient pris aucune précaution contre un retour offensif. Ils avaient débridé leurs chevaux et s'étaient assis à l'ombre de la forêt que traversait la grande route. Bien plus, pour ne pas partager le butin avec leurs camarades, les cavaliers anglais n'avaient pas attendu l'arrivée de l'infanterie. Ils étaient à dix lieues en avant et croyaient prendre l'armée mahratte jusqu'au dernier homme.

Déjà le second déjeuner était prêt. Les domestiques hindous et parsis déballaient avec soin les provisions de bouche, les pâtés de Strasbourg, les jambons d'York, les bouteilles de claret et de champagne mousseux, les puddings froids. On n'entendait plus que le bruit des fourchettes et le joyeux tintement des verres.

« Eh bien, disait le lieutenant James Churchill, eh bien, capitaine Wodsworth, que dites-vous de notre expédition ? Ce fameux Corcoran, qu'on disait si redoutable, n'a pas tenu un instant devant nous.

— Oui, dit l'autre, et pendant que Barclay lui donnait le change, nous avons eu assez de bonheur pour ne rencontrer presque aucune résistance. Mais cela même, mon cher Churchill, me fait douter que nous ayons battu Corcoran. Je le connais. J'étais, il y a trois ans, dans le corps d'armée de Barclay, et je vous jure qu'il nous fit passer un mauvais quart d'heure. Ici, au contraire, grâce à ce brave Afghan…

— Oui, oui, dit le major MacFarlane, buvons à la santé de l'honnête Uzbeck, notre ami, et que Dieu donne toujours de pareils lieutenants à nos ennemis.

— Combien a-t-on payé ce coquin ?

— C'est une question que le général même ne pourrait pas résoudre. Je crois que lord Henry Braddock et sa police connaissent seuls le prix de cette marchandise.

— Quel jour pourrons-nous dîner à Bhagavapour ?

— Il serait bon, dit MacFarlane, de ne pas marcher trop

vite et d'attendre un peu l'infanterie et le général sir John Spalding.

— Bah ! dit Churchill, Spalding est un vieil avare qui craint qu'on ne veuille pas partager avec lui le trésor d'Holkar. Avec trois régiments de bonne cavalerie anglaise, ne sommes-nous pas de force à culbuter la nation mahratte et le maharaja par-dessus le marché ? »

A ce moment la trompette retentit.

« Que veut dire ceci ? s'écria MacFarlane.

— A cheval, messieurs, à cheval ! » s'écria Wodsworth.

En un clin d'œil, tous les officiers se levèrent, bouclèrent leurs ceinturons, remirent leurs revolvers à la ceinture et sortirent de leurs tentes.

On commençait à voir des flots de poussière soulevés par une foule nombreuse qui accourait tout affolée de terreur. C'étaient les valets et les marchands du camp. Tous levaient les bras en l'air en poussant de grands cris :

« Le maharaja ! Voilà le maharaja ! »

A ce nom, à ce cri redoutable, les officiers anglais eux-mêmes se sentirent émus, et chacun courut à son poste.

Mais avant que les soldats eussent repris leurs armes et que les rangs fussent reformés, Corcoran arriva comme la foudre sur la cavalerie anglaise. Derrière lui, à vingt pas, ses cavaliers s'avançaient au galop, tenant le sabre à la main, le revolver de l'autre et la bride dans les dents.

Sans prendre le temps de décharger son revolver, Corcoran passa au travers des Anglais, pointant à coups de sabre tout ce qui était sur son passage.

Animés par son exemple, les Mahrattes montrèrent un courage dont on les aurait crus incapables le matin. L'arme blanche elle-même, qui produit ordinairement sur les Hindous une frayeur si grande, leur semblait familière tant l'exemple d'un homme de cœur est puissant sur les autres hommes.

Cependant le combat resta quelque temps incertain.

Les Anglais, étonnés d'abord de l'impétuosité de Corcoran, mais bientôt rassurés par le mépris que leur inspirait l'armée mahratte, se rallièrent promptement et, malgré la chaleur du soleil, firent preuve d'une rare intrépidité. En peu d'instants, ils sabrèrent les premiers rangs de la cavalerie hindoue, et Corcoran, emporté par son ardeur, se trouva enfermé dans leurs rangs. Déjà il se croyait abandonné et ne pensait qu'à vendre chèrement sa vie lorsqu'un fracas imprévu lui rendit la victoire. Au milieu du fracas des coups de feu, il s'aperçut tout à coup que les rangs de l'armée anglaise s'ouvraient pour livrer passage à des amis inconnus.

A coup sûr, ce n'étaient pas ses Mahrattes ; il les voyait déjà reculer, pas à pas, il est vrai, mais continuellement. Qu'était-ce donc ? Et qui pouvait-ce être, sinon sa plus chère et sa plus fidèle amie, la tendre, la bonne, la courageuse Louison ? C'était elle en effet. Aussitôt qu'elle s'était aperçue du départ de Corcoran, elle avait résolu de le suivre, oubliant ses arrêts. Elle avait gratté à la porte du cachot de Garamagrif. D'un commun effort, ils avaient renversé cet obstacle impuissant et s'étaient précipités à la suite du maharaja. Louison suivant Corcoran, Garamagrif ne voulant pas se séparer de Louison. Grâce à son merveilleux instinct, elle avait retrouvé sans peine la trace de son maître, et arrivait à propos pour le sauver, l'ingrat ! des mains de ses ennemis.

A dire vrai, dès qu'elle parut, suivie du formidable Garamagrif, les Mahrattes ne lui disputèrent pas le passage. Les Anglais étonnés essayèrent inutilement de serrer leurs rangs et lui tirèrent quelques coups de revolver.

D'un bond Louison sauta à la gorge du colonel Robertson, du 13e hussards, et l'étendit mort sur le terrain. C'est dommage, car Robertson était un officier de grande espérance. Garamagrif, de son côté, tomba sur le major Wodsworth, qui criait à ses hommes :

« Avancez donc, damnés fils de… ! »

Il n'eut pas le temps d'achever sa phrase, car le premier coup de dents de Garamagrif lui donna la mort.

Un brave homme, ce capitaine Wodsworth, et qui laissait à Bénarès une veuve et six orphelins bien intéressants ; mais que voulez-vous ? c'est la guerre.

Quelle que fût la pensée des hussards anglais — s'ils avaient une pensée, ce que j'ignore —, leurs chevaux commencèrent à se cabrer si violemment que les cavaliers n'en étaient plus maîtres et que le désordre se mit dans les rangs. Louison et Garamagrif bondissant toujours, arrivèrent enfin jusqu'au maharaja qui se défendait seul, adossé à un bananier, et parait de son mieux les coups de pointe.

Il était blessé de deux balles et perdait beaucoup de sang. Une dizaine de cavaliers l'entouraient, cherchant à le prendre plutôt qu'à le tuer.

« Rendez-vous, maharaja, dit l'un d'eux. Vous en serez quitte pour payer rançon. »

En même temps il cherchait à le désarmer, mais Corcoran d'un coup de son terrible cimeterre lui abattit le bras droit et, se retournant contre un cavalier, il fendit la tête à ce second adversaire.

Cependant, il allait succomber, lorsque Louison arriva. Garamagrif suivait à trois pas de distance, n'osant sans doute se montrer devant son maître après la réprimande qu'il avait reçue l'avant-veille.

A la vue de ces deux auxiliaires nouveaux du maharaja, les cavaliers anglais tournèrent bride en un clin d'œil et rejoignirent leur régiment qui déjà s'ébranlait. Corcoran les poursuivit, traversa les rangs des hussards anglais entre ses deux tigres et rejoignit son armée.

Les Mahrattes, qui l'avaient cru perdu, poussèrent un long cri de joie et revinrent à la charge. Corcoran, plus prudent cette fois, envoya sur sa droite une partie de sa cavalerie pour tourner la gauche des Anglais, pendant que son artillerie, placée en potence, les prenait de flanc et de face et que le gros de l'armée s'avançait sur le centre.

Le général anglais, qui n'avait ni artillerie, ni infanterie pour se soutenir, ordonna la retraite, qui se fit d'abord avec beaucoup d'ordre. Mais les valets du camp, les vivandières, les femmes et tout ce peuple qui suit les armées anglaises dans l'Inde, craignant d'être abandonnés, se précipitèrent dans les rangs de la cavalerie pour se mettre à l'avant-garde des fuyards et rejoindre plus tôt l'infanterie laissée en arrière avec Spalding.

En quelques instants, le désordre fut au comble.

A la fin, tout s'enfuit au hasard, et les officiers eux-mêmes ne cherchèrent plus qu'à devancer leurs camarades. Heureux ceux qui étaient bien montés ! Ils rejoignirent le général Spalding dès le soir même. Corcoran, voyant que rien ne tenait plus devant lui, fit faire halte à son armée et laissa à la cavalerie le soin de poursuivre les fuyards.

« Mes amis, dit-il d'une voix sonore, voilà comment il faut battre les Anglais. Courez sur eux, sabre ou baïonnette en avant, sans tirer, et Vichnou et Siva vous donneront la victoire… Au reste, tout n'est pas fini ; mais c'est assez pour aujourd'hui. »

Il eut soin de placer lui-même les postes avancés. Puis, se tournant vers Louison qui le regardait fixement et qui attendait un mot d'amitié :

« Entre nous, ma belle, dit-il, c'est à la vie et à la mort. Et toi aussi, Garamagrif, grand batailleur, tu seras mon ami, si tu veux ; mais ne va plus chercher querelle à Scindiah. »

Il rentra alors dans sa tente, où d'autres soins l'appelaient. Louison et Garamagrif s'étendirent à l'entrée comme deux factionnaires chargés de veiller à la sûreté du maharaja, et personne assurément ne fut tenté de violer la consigne sans nécessité.

XXIII

Sir John Spalding

Le lendemain, dès trois heures du matin, Corcoran fit reprendre les armes à ses troupes et continua la poursuite.

La route était jonchée d'armes, de chevaux et de cavaliers tués et dépouillés. Presque toute la cavalerie anglaise était détruite ou dispersée. Un petit nombre seulement avait pu rejoindre Spalding, qui accourait à marches forcées pour accueillir les fuyards.

Corcoran, apprenant par ses éclaireurs que les Anglais s'avançaient, se porta sur une colline assez élevée qui dominait la plaine, car il n'avait pas grande confiance dans la bravoure de ses soldats et il voulait s'assurer au moins l'avantage du terrain. Il fit même creuser à la hâte un fossé de dix pieds de large et de trois pieds de profondeur — non que cette précaution lui parût très utile, puisque les Anglais n'avaient plus de cavalerie, mais parce qu'il voulait leur faire croire qu'il se tenait sur la défensive et les engager eux-mêmes à prendre l'offensive. Son intérêt était, au contraire, d'en finir promptement avec ce corps d'armée pour courir ensuite sur Barclay et l'accabler à son tour.

La ruse réussit admirablement.

Sir John Spalding était un gros gentleman, gras et bien nourri, très brave sans doute, mais qui n'avait jamais fait la guerre et qui n'avait aucune expérience de l'Inde. Sa vie s'était passée en Angleterre, au camp d'Aldershot, à Gibraltar, à Malte, à la Jamaïque ; il avait vu le feu, pour la première fois, trois jours auparavant. Toute sa tactique consistait en trois points : ébranler l'ennemi avec l'artillerie, le renverser à coups de baïonnette et le faire sabrer par la cavalerie.

Par hasard, sa première expérience avait fort bien réussi, de sorte qu'il se regardait comme un Wellington ou un Marlborough. L'ardeur désordonnée de sa cavalerie, qui avait couru sur Bhagavapour sans l'attendre, ne lui causait aucune inquiétude.

A chaque pas, on lui amenait des prisonniers. Toute l'armée du maharaja lui paraissait dispersée sans retour, et l'aurait été en effet sans l'arrivée imprévue et l'attaque impétueuse de Corcoran.

Il se berçait, lui aussi, des illusions qui avaient fait un instant le bonheur de Barclay. Mais, avant tout, il fallait entrer le premier dans Bhagavapour. Entre lui et Barclay, c'était une course au clocher. (Il ignorait encore le désastre de son rival et l'incendie de son camp.)

C'est dans ces dispositions que le rencontra le messager qui apportait la funeste nouvelle de l'échec subi par sa cavalerie. D'abord il n'en voulut rien croire et, comme le messager était hindou, il le fit arrêter, se proposant de le faire fusiller aussitôt que le mensonge serait évident. Puis quelques cavaliers arrivèrent et racontèrent la destruction complète de trois régiments de cavalerie européenne.

« Trois régiments ! s'écria Spalding, au comble de la fureur. Où est l'âne bâté qui les commandait ? Où est le colonel Robertson ?

— Mort, général.

— Où est le major MacFarlane ?

— Tué d'une balle dans la tête. »

Spalding se sentait gagné par la consternation générale.

« Vous êtes donc tombés dans une embuscade ? demanda-t-il. Il n'y a pas d'exemple d'un désastre pareil. »

Le lieutenant Churchill fit le récit de l'action.

« Au commencement, dit-il, les Mahrattes fuyaient devant nous comme une volée de perdreaux. Mais tout à coup, le maharaja est arrivé…

— Le maharaja ! dit Spalding, toujours à cheval sur l'étiquette. Sachez, monsieur, que le gouvernement de la gracieuse reine Victoria n'a pas reconnu de maharaja dans le pays mahratte et qu'il est, par conséquent, souverainement impropre d'appeler de ce nom un aventurier quelconque. »

Churchill baissa la tête, puis il acheva son récit.

Quand il fut terminé :

« Demain, dit Spalding, nous nous mettrons en marche à deux heures du matin. Nous rencontrerons l'ennemi à six, nous le battrons à sept et nous reprendrons sur-le-champ le chemin de Bhagavapour. »

La nuit suivante, à l'heure indiquée, l'infanterie anglaise se remit en marche. Vingt-cinq ou trente hussards, qui avaient à grand-peine conservé leurs chevaux, servaient d'éclaireurs.

Vers six heures du matin, on arriva à cinq cents pas environ de l'armée mahratte, dont une partie était rangée en bataille et l'autre dispersée en tirailleur.

Sir John Spalding, toujours ferme dans ses idées de tactique militaire, commença le feu en lançant quelques volées de mitraille sur la cavalerie de Corcoran, qui se retira en bon ordre à l'abri d'un petit bois et attendit là l'ordre de charger. L'artillerie mahratte répondit à peine au feu des Anglais et, dès le début de l'engagement, se retira dans un pli de terrain, comme découragée. Cette artillerie, peu nombreuse d'ailleurs eu égard au nombre des troupes, paraissait facile à enlever, malgré les broussailles et les obstacles naturels qui défendaient la position.

« C'est le moment d'aborder cette canaille à la baïonnette, dit sir John Spalding.

— Prenez garde ! s'écria le transfuge Uzbeck, vous ne connaissez pas le maharaja. »

Sir John Spalding referma sa lunette d'approche, regarda l'Afghan avec un mépris inexprimable et dit :

« Ce n'est pas mon habitude de demander conseil. Churchill, dites aux highlanders d'avancer. »

Churchill obéit.

Aussitôt on entendit dans la plaine le son des cornemuses et des pibrocks d'Écosse. Les robustes highlanders aux jambes nues s'avancèrent lentement et en bon ordre, comme à la parade, et commencèrent à escalader la colline où les attendait le gros de l'armée mahratte.

Un silence terrible régnait sur le champ de bataille. Les deux artilleries se taisaient ; l'anglaise ayant fait place à l'infanterie et la mahratte ne paraissant pas encore ou disparaissant déjà. On voyait les sous-officiers anglais maintenir l'alignement avec les crosses de leurs fusils. Quant aux Mahrattes, à demi cachés dans les broussailles et les fourrés, ils attendaient le choc avec une terrible anxiété.

Déjà les highlanders n'étaient plus qu'à dix pas du fossé creusé sur le penchant de la colline, quand tout à coup Corcoran tira son sabre et s'écria :

« En joue ! feu ! »

Au même instant, quinze cents Mahrattes, couchés à plat ventre, se levèrent à demi et fusillèrent à bout portant les assaillants. Deux batteries masquées, de vingt canons chacune, firent feu en même temps à cinquante pas de distance sur les flancs et les derrières des highlanders.

En cinq minutes, la colonne fut aux trois quarts détruite. Cependant ceux qui survivaient s'avancèrent avec une intrépidité admirable jusqu'au fossé, le franchirent, culbutèrent les Mahrattes qui l'occupaient et continuèrent leur marche vers le haut de la colline.

Mais là, un nouvel ennemi les attendait. Les artilleurs mahrattes, qui s'étaient repliés au commencement de la bataille, reprenaient leur poste sur l'ordre de Corcoran ; et de deux régiments de highlanders fusillés et mitraillés en face, par-derrière et sur les flancs, il ne resta pas cinquante hommes valides ; encore furent-ils forcés de se rendre.

Pendant ce temps, sir John Spalding voyait avec désespoir la destruction de son infanterie d'élite ; mais l'ouragan de mitraille qui balayait la plaine et le pied de la colline rendait tout secours impossible. Bientôt même il dut songer à couvrir la retraite, menacée par Corcoran.

Le maharaja, jugeant la bataille gagnée au centre, donna l'ordre à la cavalerie de se déployer sur le flanc de l'infanterie anglaise et de couper ses lignes de communication. Spalding effrayé commanda la retraite et les Mahrattes saluèrent cet ordre par de longs cris de joie.

C'était la première fois qu'une armée indienne, commandée il est vrai par un Français, voyait fuir une armée anglaise à forces égales. Aussi l'enthousiasme des soldats de Corcoran ne connaissait plus de bornes.

« C'est Vichnou, disait-on. C'est le divin Siva. C'est Rama lui-même qui s'est incarné de nouveau pour défendre son peuple contre ces barbares au teint blanc et à la barbe rouge. »

Corcoran ne s'arrêta pas à écouter son éloge. Toujours pressé d'en finir avec Spalding pour revenir vers Barclay, il lança sa cavalerie sur toutes les routes, avec ordre de dépasser l'armée anglaise, d'entasser toutes sortes d'obstacles pour lui rendre la fuite impossible et de l'éloigner de la Nerbuddah pendant qu'il suivait Spalding de près avec son infanterie et le harcelait avec son artillerie légère.

Mais celui qui fuit la mort a toujours plus de chances d'échapper que son ennemi n'en a de la lui donner ; car l'un pense toujours à se sauver, tandis que l'autre ne pense pas toujours à le poursuivre.

C'est ce qui arriva dans le cas présent.

La cavalerie mahratte s'arrêta pour faire reposer ses chevaux, tandis que les Anglais marchèrent toute la nuit dans la direction de la Nerbuddah, où les attendait la flottille qui devait combiner ses opérations avec celle de l'armée.

Dès le lendemain, de bonne heure, Corcoran, que la nécessité de tout ordonner et de tout exécuter par lui-même retardait souvent, reprit lui-même la poursuite et courut sur les traces de l'ennemi.

Peine inutile. Spalding avait rejoint la flottille et l'embarquement commençait au moment où le maharaja recommença l'attaque. Les Anglais effrayés abandonnèrent sur le rivage un immense butin, presque tous leurs blessés, quinze cents prisonniers et tous les traîtres qui s'étaient joints à eux quelques jours auparavant, entre autres l'Afghan Uzbeck. Puis ils descendirent la Nerbuddah, laissant leur général blessé à mort sur le champ de bataille au moment même où il allait s'embarquer. Un boulet de canon lui avait emporté la tête.

« Pauvre gentleman ! dit Corcoran en retrouvant son corps mutilé, ce n'était ni un César ni un Hannibal, mais c'était un brave homme, et il a bien fait, ne pouvant pas sauver son armée, de se faire tuer lui-même ; car il n'y a rien d'aussi piteux et d'aussi déshonorant que de perdre la bataille de Cannes et de survivre. »

Puis il se fit amener les prisonniers et traita les Anglais avec beaucoup de générosité. Quant aux traîtres qui l'avaient abandonné, il ne voulut pas leur faire grâce.

« Pourquoi m'as-tu trahi ? demanda-t-il à Uzbeck.

— Grâce, seigneur maharaja ! s'écria l'Afghan.

— Qu'on le fusille », dit Corcoran.

Et il traita de la même manière neuf autres zémindars qui avaient suivi l'exemple d'Uzbeck.

« Plus le traître est haut placé, dit-il, plus la rigueur est nécessaire. »

Ces exemples donnés, il laissa le commandement de l'armée à l'un de ses lieutenants et reprit en toute hâte

le chemin de Bhagavapour, car partout où il n'était pas, ses affaires allaient toujours mal.

Louison et Garamagrif, qui l'avaient si bien servi, obtinrent la permission de le suivre.

XXIV

Discours du trône. Sita prisonnière

Corcoran arriva à Bhagavapour la veille du jour où s'ouvrit la session de son corps législatif. Par un rare bonheur, il n'avait que des victoires à raconter à son peuple et, quoique le danger fût encore très grand, cependant les victoires passées et présentes répondaient de l'avenir.

Dès le lendemain, à sept heures du matin — car, à cause du climat et de l'ardeur du soleil, les séances devaient être terminées chaque jour à dix heures —, il s'avança, monté sur Scindiah avec Sita et Rama, et ouvrit la session suivant le cérémonial accoutumé.

Voici quelques passages de son discours :

« Citoyens libres du pays mahratte,

« C'est toujours avec un nouveau plaisir que je me retrouve au milieu de vous.

« Depuis la dernière session, Brahma a daigné bénir nos efforts et notre prospérité n'a fait que s'accroître. Le commerce, l'agriculture, l'industrie ont fait des progrès prodigieux, dus surtout, nous devons le reconnaître, à l'initiative individuelle et à la liberté d'action dont vous jouissez.

« Mais un peuple n'est pas digne de la liberté lorsqu'il ne sait pas la défendre par les armes. J'ai dû repousser l'invasion d'un voisin ambitieux et perfide. Avec la permission et la protection de Brahma, j'ai su punir les traîtres et repousser l'ennemi. Il dépend encore de lui de faire la paix à des conditions honorables ; mais s'il persiste dans son dessein, il subira la peine de son iniquité.

« Mon ministre de l'Intérieur, Sougriva Sahib, est chargé de vous proposer un plan de budget. Vous remarquerez qu'il n'est question ni d'augmenter les impôts, ni d'en créer de nouveaux, ni d'émettre un emprunt. Grâce à Vichnou, malgré les charges que la guerre nous impose, le Trésor est encore rempli, et Sougriva Sahib est chargé de l'agréable mission de vous proposer la suppression de tous les impôts indirects dont la perception est si coûteuse.

« Citoyens libres du pays mahratte, que la sagesse du divin Vichnou préside à vos délibérations. »

Puis il présenta la belle Sita et le petit Rama à son peuple. Tout le monde cria :

« Longue vie au maharaja ! Qu'il soit béni, lui et toute sa postérité ! »

Et Corcoran rentra dans son palais. Ces acclamations étaient sincères, et cependant l'orage fondait sur sa tête. Les zémindars qui l'avaient trahi comptaient plus d'un complice dans l'assemblée. L'inflexible justice de Corcoran lui faisait, parmi les grands seigneurs, des ennemis redoutables.

Au moindre revers on était prêt à proclamer sa déchéance. Heureusement la victoire récente qu'il avait remportée sur les Anglais intimidait ses adversaires.

Cependant les succès passés n'éblouissaient pas le maharaja. Il voyait fort bien que le peuple hindou n'était pas encore prêt à la révolte et, quoique incapable de craindre pour lui-même, il tremblait quelquefois pour sa femme et son fils.

Un matin, Baber vint lui faire sa cour.

Baber enrichi était maintenant un seigneur.

Il se présenta, la tête haute, le regard content, sincère, doux et calme, comme il convient à un honnête homme qui a fait fortune sur la grande route et au coin des bois.

« D'où sors-tu, chenapan ? demanda le maharaja.

— Seigneur, dit Baber d'un ton modeste, j'ai reçu hier les cent mille roupies que vous avez daigné m'assigner sur le trésor de Votre Majesté.

— Et où vas-tu ?

— Où Votre Majesté daignera m'envoyer.

— Ah ! ah ! Tu prends goût aux missions diplomatiques ?… Eh bien, te sens-tu le courage de retourner au camp des Anglais ?

— Pourquoi non, Seigneur ? Parce que je suis devenu riche, croyez-vous que je sois devenu poltron ?

— Et tu me rapporteras des nouvelles de ton ami Barclay ?

— Autant qu'il vous plaira, seigneur maharaja. Est-ce tout ?

— Va, pars. Voici un bon de vingt mille roupies sur mon trésorier.

— Ah ! seigneur maharaja, s'écria Baber avec un enthousiasme qui n'était pas feint, vous serez toujours le plus généreux des hommes et il y a plaisir à se faire tuer à votre service. »

L'Hindou se prosterna de nouveau, élevant vers le ciel les paumes de ses mains, et partit.

Le lundi suivant, il était de retour.

« Seigneur maharaja, dit-il, tenez-vous sur vos gardes. Barclay a reçu des renforts, des chevaux, des vivres, des munitions et de l'artillerie. Son armée est augmentée d'un tiers ; on veut vous porter un coup décisif avant que l'Europe apprenne la défaite et la mort de sir John Spalding. Barclay va franchir la frontière demain ou après-demain. Vos généraux ont perdu la tête. Le vieil Akbar ne répond rien quand on l'interroge et ne donne aucun ordre. »

Aussitôt Corcoran fit préparer ses chevaux. Il allait partir et rejoindre l'armée. Sita voulut le suivre.

« Je veux vivre ou mourir avec toi, dit-elle. Ne m'enlève pas le bonheur de t'accompagner.

— Qui prendra soin de Rama ? » demanda Corcoran.

Mais Rama voulut à son tour suivre sa mère.

« Au fait, pensa Corcoran, la lutte qui s'engage est décisive. Si je laisse Sita et Rama à Bhagavapour, je craindrai toujours pour eux quelque trahison. Autant vaut les emmener avec moi. »

Naturellement Scindiah était aussi du voyage, ainsi que Garamagrif et Louison, car Rama voulut tout emmener, même son ami Moustache. Après quelques objections, le maharaja se laissa fléchir et, précédant lui-même de cinq jours le reste de la caravane, il leur donna rendez-vous au camp et partit seul pour prendre le commandement de l'armée. Sougriva fut chargé, comme à l'ordinaire, de le remplacer en son absence. Il était temps que Corcoran arrivât, car les renseignements de Baber n'étaient que trop vrais. Barclay avançait à grands pas dans le pays mahratte et l'armée de Corcoran reculait toujours sans livrer une seule bataille. Les soldats se décourageaient, murmuraient et commençaient à déserter.

C'est alors que le maharaja se présenta seul, à cheval, suivant sa coutume, à l'entrée du camp. C'était le matin, et toute l'armée, ranimée par sa présence, ne demanda plus qu'à se battre. Mais Corcoran ne voulait rien hasarder. Ses soldats n'étaient pas encore assez exercés et assez aguerris pour aborder sans frémir la redoutable et solide infanterie anglaise. Il fallait donc, avant tout, en harcelant l'ennemi par de fréquentes escarmouches, donner aux Mahrattes plus de confiance en eux-mêmes. Plus tard, il serait toujours temps de livrer une bataille décisive.

Corcoran suivit ce plan avec une persévérance extraordinaire. Il creusa des retranchements, construisit des redoutes, entoura son camp d'un fossé profond, le garnit de palissades au travers desquelles se montraient les gueules de deux cents canons. Puis, à la tête de sa cavalerie montée sur des chevaux berbères et turcomans, sobres, prompts, légers et durs à la fatigue, il battit tout le pays, enleva les convois qui approvisionnaient le camp anglais et réduisit Barclay presque à la famine. Celui-ci, éloigné de Bombay, sa base d'opérations, était fort inquiet. Les vivres manquaient. Il recevait tous les jours de lord Braddock des dépêches qui l'avertissaient de se hâter afin que le bruit de sa victoire couvrît l'échec désastreux de sir John Spalding. Cependant il n'osait pas donner l'assaut du camp retranché et sa cavalerie, privée de tout, ne pouvait atteindre celle de Corcoran, qui se montrait chaque jour en vingt endroits différents.

Un funeste incident, qui devait amener le dénouement de cette longue histoire, tira enfin Barclay d'embarras.

Un soir, comme Corcoran rentrait au camp après une escarmouche assez vive, Baber se présenta et annonça que Sita, Rama, Scindiah, Louison et Garamagrif venaient de tomber au pouvoir de l'armée anglaise.

A cette terrible nouvelle, Corcoran fut saisi d'un désespoir si profond qu'on craignit un instant qu'il ne voulût se brûler la cervelle. Quoi ! Tant de travaux perdus ! Tant de sang versé inutilement ! Tant de grands projets renversés en un jour !

Cependant telle était la force d'âme du maharaja qu'il ne perdit pas une minute à se plaindre du sort.

« D'où tiens-tu cette nouvelle ? demanda-t-il à Baber.

— Hélas ! seigneur maharaja, j'ai été témoin de tout. Vous étiez parti depuis une heure avec la cavalerie. La reine, justement impatiente de vous revoir, sortit du camp pour aller à votre rencontre. Malheureusement, nous tombâmes dans un parti de cavalerie anglaise. Notre escorte prit la fuite. Alors je me glissai comme je pus entre les jambes des chevaux et je revins ici sous une pluie de balles. »

Corcoran réfléchit un instant.

« Qu'est devenue Louison ? demanda-t-il.

— Seigneur, Louison, Garamagrif et Scindiah n'ont pas quitté un instant Sa Gracieuse Majesté.

— Si Louison est vivante, tout est sauvé. »

Cependant, avant d'essayer de délivrer par la force sa femme et son fils, Corcoran écrivit et envoya par un parlementaire au général Barclay la lettre qui suit :

Au camp, devant Kharpour

Monsieur,

Un gentleman anglais ne fait pas la guerre à des femmes et à des enfants. On me dit qu'un hasard déplorable a mis aujourd'hui dans vos mains ma femme et mon fils. J'espère que vous ne refuserez pas de leur rendre la liberté, ou tout au moins, de traiter avec moi d'une rançon convenable.

Agréez, je vous prie, monsieur, l'assurance de ma considération distinguée,

Maharaja Corcoran Ier.

Donné l'an troisième de notre règne et le quatre cent trente-trois mille six cent unième de la neuvième incarnation de Vichnou.

Une heure plus tard, Corcoran reçut la réponse suivante :

Le général Barclay à M. Corcoran, se disant maharaja de l'empire mahratte.

Monsieur,

Comme vous le dites avec raison, un gentleman anglais ne fait pas la guerre aux femmes et aux enfants ; mais je croirais manquer à tous mes devoirs envers mon pays et le gouvernement de ma gracieuse souveraine si je rendais la liberté à la fille d'Holkar, à votre femme, monsieur, à moins que vous n'acceptiez d'abord les conditions suivantes :

1° L'armée mahratte sera licenciée aujourd'hui même et renvoyée dans ses foyers ;

2° Le soi-disant maharaja abdiquera immédiatement entre les mains du gouverneur anglais ;

3° Le soi-disant maharaja remettra au général Barclay une liste, certifiée véritable et sous serment, de tous les biens, meubles et immeubles composant la succession d'Holkar, pour, desdits biens meubles et immeubles, être disposé ainsi qu'il conviendra audit général ;

4° La citadelle de Bhagavapour et toutes les forteresses du royaume seront remises à l'armée anglaise avec les arsenaux, les armes, les vivres et les munitions de toute espèce qui s'y trouvent actuellement ;

5° Enfin, en échange de toutes les conditions ci-dessus, le soi-disant maharaja recevra du gouvernement anglais une pension annuelle de mille livres sterling (vingt-cinq mille francs), engageant (bien entendu) ledit soi-disant maharaja à ne plus revenir dans l'Inde, ni lui, ni sa femme, ni son fils, avant une période qui ne pourra être moindre de cinquante ans.

Si ces conditions paraissent convenables (comme je l'espère) à monsieur Corcoran, j'oserai le prier de faire un double du traité dans les deux langues et je m'offre à signer avant la fin du jour.

Le traité conclu sur ces bases, je serai heureux de faire plus ample connaissance avec monsieur Corcoran et de serrer la main d'un gentleman pour lequel j'ai toujours professé la plus profonde estime.

John Barclay,
Major général des armées de Sa Majeste britannique.
Au camp, 14 mars 1860.

Corcoran froissa le billet avec indignation.

« Abdiquer ! trahir les Mahrattes ! me laisser dépouiller !

accepter une pension du spoliateur ! et il a l'effronterie, si j'accepte, de m'offrir son estime ! Eh bien, je vais, moi, lui offrir quelque chose à quoi il ne s'attend pas. »

Et il renvoya sans réponse le parlementaire anglais.

Le soir, dès que la nuit fut tombée, Corcoran réunit cinq cents cavaliers d'élite, fit envelopper les pieds des chevaux avec du feutre et de la laine, afin d'étouffer le bruit de leur marche, et partit au pas avec son escorte.

Baber servait de guide. Quoique la nuit fût très sombre, l'armée anglaise était sur ses gardes et s'attendait à une attaque. Barclay ne tenait qu'à moitié ses prisonniers, car bien qu'ils fussent au milieu du camp anglais, la présence des deux grands tigres et de l'éléphant effrayait les plus intrépides. On avait bien pensé à leur livrer bataille ; mais, dans la mêlée, les balles, qui ne connaissent personne, pouvaient frapper Sita ou Rama, ce qui aurait rendu la guerre inexpiable, car Corcoran ne pouvait plus pardonner et Barclay n'était pas assez sûr de la victoire pour s'exposer à une chance si dangereuse.

Au « Qui vive ? » des sentinelles anglaises, Corcoran répondit par son cri de guerre : « En avant ! » et s'élança au grand trot dans le camp ennemi. Il apercevait de loin la masse énorme de Scindiah qui se détachait sur la lumière projetée par les feux du bivouac. Il jugea, et avec raison, que Sita devait être là, et il y courut.

Ses cavaliers le suivirent d'abord avec assez de résolution ; mais les Anglais ayant fait une décharge générale qui abattit une cinquantaine d'hommes et de chevaux, les Mahrattes, craignant mille pièges, commencèrent leur retraite et abandonnèrent leur chef.

Corcoran courait le plus grand danger. Son cheval venait de tomber, frappé d'une balle à la tempe. Le maharaja fut précipité à terre et sa tête rencontra un piquet de bois qui servait à tendre la toile des tentes. Le choc fut si rude et si douloureux qu'il s'évanouit.

XXV

Corcoran et Louison forcent le blocus

Dix minutes après, Corcoran reprit ses sens. Il sentit une chaude haleine sur son visage ; il se souleva un peu sur un bras, mais avec précaution, de peur d'attirer l'attention des soldats, et reconnut Louison.

C'était elle, en effet.

La tigresse avait deviné tout ce qui venait de se passer. Elle avait entendu le cri de guerre de Corcoran ; elle avait vu la tentative des Mahrattes pour pénétrer dans le camp anglais et leur fuite ; elle connaissait trop Corcoran pour croire qu'il pouvait reculer. Elle avait donc cherché son ami et l'avait trouvé évanoui à côté de son cheval mort.

Elle aurait pu appeler au secours ; elle avait bien trop d'esprit pour cela : elle se voyait entourée d'ennemis. Elle se contenta de lécher Corcoran jusqu'à ce qu'il revînt à lui ; puis, lorsqu'il eut répondu à ses caresses, elle le prit avec ses dents au collet, le jeta sur son dos, comme une mère fait de son enfant, et, en trois ou quatre bonds, l'apporta aux pieds de Sita. Dire l'étonnement et la joie de la belle Sita serait impossible : elle se jeta dans les bras de son époux sans pouvoir parler. Malheureusement l'arrivée de Corcoran ne diminuait pas le danger, au contraire. A la tête de son armée, il pouvait peut-être dicter sa loi ; prisonnier dans le camp ennemi, il devait la subir.

Quand il eut raconté tous ses efforts pour délivrer Sita, elle lui reprocha doucement son entreprise si téméraire.

« Elle n'a été téméraire, dit-il, que parce que cette lâche canaille n'a pas voulu me suivre… Au reste, nous voilà ensemble. Je suis très fatigué ; les blessures que j'ai reçues en combattant contre sir John Spalding ne sont pas encore guéries. Je vais dormir… Louison, ma bonne amie, fais le guet avec Garamagrif. »

Rama s'endormit dans les bras de son père aussi paisiblement que dans le palais d'Holkar.

Mais peu d'heures après, au point du jour, la diane réveilla tout le camp et l'on aperçut alors les traces sanglantes du combat de la nuit.

Barclay, qui se doutait bien que le maharaja était, suivant sa coutume, à l'avant-garde, s'étonna que l'attaque n'eût pas été conduite avec plus de vigueur ; mais ce qui l'étonna encore davantage, ce fut un grand tumulte qui paraissait régner dans l'armée des Mahrattes, ordinairement silencieuse et bien disciplinée.

Il en eut bientôt l'explication. Un soldat mahratte déserta, courut au camp des Anglais et leur annonça que Corcoran avait été tué pendant l'attaque de la nuit.

« Cette fois, pensa Barclay, je suis sûr de devenir lord, et Mrs. Barclay sera lady Andover. »

En même temps, il donna ses ordres pour l'assaut.

Mais, au moment où la première colonne commençait l'attaque, un officier s'avança, chapeau bas, vers le général et le prévint qu'on venait de retrouver le cheval mort de Corcoran, mais non le maharaja lui-même.

« Qu'importe, s'il est mort ? » dit Barclay.

Cependant, et par réflexion, il ordonna de doubler la garde qui veillait autour du palanquin de Sita pour empêcher sa fuite. Puis il fit avancer la seconde colonne, avec ordre de soutenir la première pendant l'assaut.

Tout à coup, il entendit des cris et une décharge de coups de fusil dans l'intérieur de son propre camp.

C'était Corcoran, qui forçait la ligne de blocus formée par les Anglais autour du palanquin de Sita.

En un clin d'œil, il sauta sur un cheval sans maître, se plaça dans une sorte de carré formé par Louison, Garamagrif, le petit Moustache et Scindiah et rompit le cordon des gardes du camp.

Corcoran aurait bien voulu rentrer dans le camp mahratte ; mais il fallait franchir, sous le feu de l'armée anglaise, une plaine d'un quart de lieue, et le précieux bagage qu'il traînait à sa suite ne pouvait pas, comme lui, s'exposer de gaieté de cœur aux balles et aux boulets.

Il le sentit et, apercevant à quelque distance un rocher isolé où l'on montait par une pente douce, il y courut avec sa petite caravane.

L'ennemi allait s'élancer à sa poursuite ; mais Louison et Garamagrif, qui formaient l'arrière-garde, grincèrent des dents d'une façon si menaçante que les Anglais attendirent les ordres de leur chef.

Barclay, en ce moment-là même, aperçut ce qui se passait et la fuite de Corcoran… Aussi sans se préoccuper de la poursuite des Mahrattes, mis en déroute au premier choc, il jugea que l'essentiel était de s'emparer de leur chef et fit sommer Corcoran de se rendre.

Deux bataillons d'infanterie, un escadron de cavalerie et trois pièces de canon entourèrent de tous côtés le rocher sur lequel Corcoran s'était réfugié.

« Prisonnier des Anglais, jamais ! s'écria Corcoran.

— Eh bien, feu ! » commanda Barclay.

Mais le maharaja, Sita et Rama étaient à l'abri derrière un rempart de pierres énormes. Le seul intervalle qu'il y eût entre les blocs était rempli par la carapace immense et invulnérable du bon Scindiah. Les balles glissèrent sur cette cuirasse naturelle et s'aplatirent contre les roches. Scindiah ne prit d'autre précaution que de cacher ses oreilles à l'ennemi.

Une seconde décharge n'eut pas plus de succès.

« A l'assaut ! commanda Barclay, furieux. Qu'on le prenne ou qu'on le tue !

— Je ne serai ni pris ni tué, général », dit la voix railleuse de Corcoran.

En effet, les assaillants ne pouvaient monter que par un sentier très commode, mais étroit, ce qui donnait un grand avantage à la défensive.

Le premier qui parut sur la plate-forme était un sergent du pays de Galles, nommé James Bosworth. En arrivant, il fit feu trop précipitamment, et à bout portant, sur le maharaja, qui releva le canon du fusil : la balle se perdit en l'air ; mais, en même temps, Corcoran fit sauter la cervelle du Gallois d'un coup de revolver.

Un deuxième assaillant eut le même sort. Un troisième grimpait sans être aperçu lorsqu'un coup de griffe de Louison lui brisa les vertèbres cervicales et l'envoya en purgatoire.

Garamagrif faisait merveille. Il n'avait qu'un coup, un seul, mais infaillible : d'un coup de dents, il tranchait l'artère carotide de son ennemi. Quant à Scindiah, trois soldats ayant voulu se glisser entre le rocher et lui pour frapper Corcoran par-derrière, il s'appuya doucement sur les soldats et les aplatit net contre le mur.

« Après tout, dit Barclay, ce n'est pas la peine de sacrifier tant de braves gens pour venir à bout d'un entêté. Qu'on le garde à vue : il n'a pas de vivres, il sera bientôt forcé de se rendre. »

En effet, si Louison et Garamagrif avaient pris un acompte sur les soldats, Scindiah, habitué à manger chaque jour cent vingt ou cent trente livres d'herbes et de racines, commençait à bâiller terriblement. Depuis vingt-quatre heures, ni Corcoran, ni Sita, ni même Rama, n'avaient mangé. Grave sujet d'inquiétude !

Ce supplice dura jusqu'à la nuit. Corcoran, à bout de ressources, ne savait plus à quel saint se vouer. Devait-il se rendre ? Cette idée révoltait son orgueil. Devait-il périr ? Que deviendraient Sita et Rama ? Devrait-il les abandonner à la merci de l'ennemi, bien certain, d'ailleurs, que les Anglais ne leur feraient aucun mal ! Mais que dire d'Hector qui laisse l'ennemi emmener Andromaque et Astyanax en servitude ?

Comme il se livrait à ces pensées, il leva les yeux vers le ciel pour demander conseil à Dieu et vit quelque chose de fort extraordinaire.

XXVI

Secours imprévu. La mort de deux héros

C'était, à ce qu'il lui sembla d'abord, un objet de dimension extraordinaire et d'une extrême mobilité. Puis, l'objet se rapprochant toujours, il crut voir un oiseau gigantesque qui descendait rapidement sur sa tête. Puis, enfin, il reconnut la *Frégate* et la voix joyeuse de son ami Quaterquem. Jamais les naufragés de la *Méduse*, apercevant enfin une voile sur le désert immense de l'océan, ne ressentirent une joie pareille.

« Dis-moi donc, cher ami, s'écria Quaterquem, que faistu là avec tes tigres, ton éléphant, ta femme, ton fils et quinze cents badauds anglais qui dorment autour de toi avec des mines de gendarmes ?

— Mon bon Quaterquem, dit Corcoran en l'embrassant, commence par prendre Rama et Sita dans ta *Frégate* et faisles souper tout de suite, car ils n'ont rien mangé depuis trente-six heures.

— Oh ! massa Quaterquem, s'écria Acajou, pas mangé, petit Blanc ! Tranche de pâté, bon vin, faire plaisir à petit Blanc. »

Ces deux mots divins : « tranche de pâté », éveillèrent tout d'un coup Rama, qui se mit à souper de très bon appétit. Sita elle-même ne fit pas de cérémonie, non plus que Corcoran qui, la bouche pleine, raconta ses aventures à son ami.

« Je me doutais bien, dit Quaterquem, que tout cela finirait mal. Cependant, je ne croyais pas que mes pressentiments se réaliseraient si tôt. Ce matin, j'ai quitté mon île, avec Acajou, pour venir chercher Sita et toi. Alice vous attend. Je descends à Bhagavapour. Sougriva m'apprend que tu es à l'armée et que tu as déjà vaincu un général qui s'appelle, je crois, Spalding ou Spolding. Naturellement, je t'en félicite, et je viens te chercher ici. Point du tout : je vois ton armée toute débandée ; on me dit que tu as été tué hier dans une échauffourée ; j'accours pour te donner au moins la sépulture. Je m'informe : on me dit que tu vis encore. Je remonte dans les airs, je cherche et enfin je t'aperçois perché sur ton rocher. Allons, viens avec nous ; je vais te ramener où tu voudras, dans mon île ou même à Bhagavapour, si cela te convient mieux.

— Non, je n'en aurai pas le démenti ! s'écria Corcoran. Tu emmèneras Sita et Rama ; mais moi, je veux sortir d'ici par mes seules forces et défier cet insupportable Anglais.

— Il est fou ! dit Quaterquem, mais il est encore plus Breton, c'est-à-dire entêté... Le voilà qui veut traverser l'armée anglaise ! Y songes-tu ?

— J'y songe si bien que si tu veux planer un instant au-dessus de ma tête, tu me le verras faire avant un quart d'heure. D'ailleurs, crois-tu que je veuille abandonner à l'ennemi Louison et Scindiah ? Ce serait une noire ingratitude. »

Les prières et les embrassements de Sita ne purent fléchir la résolution du maharaja. Il attendit patiemment que Quaterquem fût parti avec la *Frégate*, et, resté seul sur le rocher, il éveilla doucement Scindiah, qui dormait en rêvant au bonheur de manger de la paille de riz ou de la canne à sucre.

Louison descendit la première pour éclairer la route. Corcoran venait après elle, ayant Scindiah à sa droite et Moustache à sa gauche. Le terrible Garamagrif fermait la marche.

Mais une caravane si nombreuse ne pouvait passer inaperçue au milieu de l'armée anglaise. Une sentinelle donna l'alarme et fit feu.

La balle atteignit Garamagrif dans le flanc gauche. Il fit un bond terrible, poussa un rugissement et, saisissant le soldat à la gorge, il l'étrangla net.

Mais, au bruit, à la lueur du coup de feu, tout le bataillon s'éveillait et reconnaissait Corcoran.

Celui-ci prit résolument son parti et, tenant son sabre d'une main, son revolver de l'autre, tantôt faisant feu, tantôt sabrant, précédé et suivi de ses trois tigres, il arriva jusqu'à la ligne anglaise ; là, il se crut en sûreté.

Malheureusement les feux qu'on allumait de tous côtés éclairaient sa course et les Anglais le saluèrent d'une décharge d'artillerie mêlée de coups de fusil.

Il se retourna : Garamagrif et Scindiah venaient d'être frappés à mort, l'un d'une balle qui l'atteignit au cœur, l'autre d'un boulet de canon. La mort réconcilia les deux adversaires. L'intrépide Garamagrif jeta un dernier regard de mépris sur le lâche ennemi qui l'attaquait par-derrière, et mourut. On peut dire de lui ce que le poète a dit des braves tombés au champ d'honneur :

L'ennemi, l'œil fixé sur leur face guerrière,
Les regarda sans peur pour la première fois.

Louison, immobile et consternée, les yeux pleins de larmes, contempla quelques instants en silence ce fier Garamagrif, ce compagnon de sa vie. Elle se rappela les joies du passé et parut vouloir ne pas l'abandonner ; mais, sur un geste attendri de Corcoran, qui l'embrassa et lui montra le pauvre Moustache devenu orphelin, elle résolut de vivre.

L'approche de la mort n'ébranla pas la belle âme de Scindiah. Comme il avait toujours cherché la justice et fui l'iniquité, il attendit sans inquiétude la fin de ses souffrances. Modeste autant que bon, aimable, doux et sincère, il a laissé dans le cœur de ses amis une mémoire qui ne périra jamais.

XXVII

Des traîtres ! Toujours des traîtres !

La nuit sauva Corcoran et Louison. La cavalerie anglaise, craignant quelque piège, n'osa les poursuivre hors de l'enceinte de son propre camp, et le maharaja s'empara d'un cheval qui était attaché à un piquet des grands-gardes. En un clin d'œil il se mit en selle et partit au galop.

Louison resta quelque temps indécise. Elle voulait venger son cher Garamagrif, elle voulait suivre Corcoran.

« Console-toi, ma chérie, dit le maharaja, tu le retrouveras dans un monde meilleur. Avant tout, il faut rejoindre l'armée. Cette nuit le salut, et demain la vengeance. »

Tout en galopant, son cheval fit un écart qui faillit le désarçonner. Un objet informe s'élevait dans l'ombre et semblait demander grâce.

Corcoran arma son revolver.

A ce bruit sec et inquiétant, l'objet informe s'aplanit sur le sol en poussant un cri de frayeur :

« Seigneur ! Grâce ! Pardon ! Grâce ! »

Corcoran mit pied à terre.

« Qui es-tu ? dit-il. Parle vite, ou je te tue. »

Déjà même, sans qu'il eût la peine de s'en mêler, Louison, enragée contre toute l'espèce humaine depuis la mort de Garamagrif, allait mettre le pauvre diable en pièces.

« Hélas ! seigneur maharaja, s'écria l'autre, car à la voix impérieuse et brève de Corcoran il avait reconnu son maître, retenez Louison, ou je suis un homme mort. Je suis Baber, votre meilleur ami.

— Baber ! Que fais-tu là ? Où est mon armée ?

— Ah ! seigneur, dès qu'ils ont vu les Anglais s'avancer, la frayeur s'est répandue dans le camp.

— Et mon général Akbar ?

— Akbar a essayé pendant cinq minutes de les rallier ; mais on ne l'écoutait pas. Un des cavaliers qui vous accompagnaient hier au camp des Anglais a crié que vous étiez mort. A ce cri, toute la cavalerie a pris au grand trot le chemin de Bhagavapour. L'infanterie a suivi et Akbar n'a pas voulu rester en arrière. Ils doivent être à présent à trois ou quatre lieues d'ici.

— Et toi ?

— Moi, seigneur !… j'ai crié de tous les côtés qu'on mentait, que vous étiez vivant, plus vivant que jamais, qu'on s'en apercevrait avant deux jours.

— Bien ! Et d'où vient que je te trouve ici sur le grand chemin, à trois lieues en arrière des fuyards ?

— Ah ! seigneur maharaja, ces misérables étaient si pressés de fuir qu'ils ont passé sur le corps de tous ceux qui ont voulu les arrêter. »

Baber poussa un grand soupir.

« Le fait est, dit Corcoran en l'examinant, que tu es cruellement meurtri, mon pauvre Baber. As-tu cependant la force de marcher ?

— Pour vous suivre, seigneur, dit l'Hindou, je marcherais sur la tête et sur les mains. »

Et, en effet, grâce à la prodigieuse souplesse de ses membres, Baber parvint à se lever et à courir pendant un quart de lieue à côté du cheval de Corcoran ; mais là les forces lui manquèrent.

Corcoran se désespérait, Baber était pour lui l'allié le plus précieux, après sa chère Louison.

« Seigneur, dit Baber, tout est sauvé. J'entends le galop de deux chevaux attelés à une voiture. Ce doit être un des fourgons de l'armée. Laissez-moi faire. Mettez-vous en embuscade derrière la haie et ne venez que quand je vous appellerai. »

Le bruit se rapprochait.

Quand la voiture ne fut plus qu'à cinquante pas de l'Hindou, il éleva la voix tout en gémissant et cria de toutes ses forces :

« Qui veut gagner deux mille roupies ? »

Aussitôt la voiture s'arrêta et deux hommes descendirent, armés jusqu'aux dents.

« Qui parle de gagner deux mille roupies ? demanda l'un d'eux, qui tenait à la main un long pistolet.

— Seigneur, dit Baber, je suis blessé à mort. Relevez-moi, portez-moi en lieu de sûreté, et je vous donnerai les deux mille roupies quand nous serons au camp.

— Où sont-elles ? dit l'homme.

— Dans ma tente, au camp du maharaja.

— Ce coquin se moque de nous et nous fait perdre un temps précieux. »

En même temps l'homme voulut remonter dans la voiture avec son camarade.

« A moi, seigneur maharaja ! » cria Baber.

En même temps, il s'élança à la tête des chevaux et se suspendit au mors pour les empêcher de partir. L'homme qui avait parlé tira un coup de pistolet à bout portant.

Baber baissa la tête et évita la balle, mais sans lâcher prise.

En même temps Corcoran parut.

« Halte ! canaille ! » cria-t-il d'une voix tonnante.

A cette voix si connue, à la vue du maharaja, les deux hommes se prosternèrent.

« Seigneur, notre vie est en tes mains, qu'ordonnes-tu ?

— Déposez vos armes ! » dit Corcoran.

Ils obéirent avec empressement.

Corcoran prit la lanterne et l'élevant à la hauteur du visage des prisonniers, il reconnut avec étonnement son général Akbar.

« Où vas-tu ? » dit-il.

Akbar garda le silence.

« Je vais vous le dire, répliqua Baber. Akbar désertait. Il allait au camp des Anglais.

— C'est faux, s'écria Akbar en balbutiant.

— Traître ? dit Corcoran. Et toi ? »

Le compagnon d'Akbar n'était pas moins effrayé que son chef.

« Seigneur, je ne suis qu'un simple officier. J'obéissais à mon général.

— Baber, dit Corcoran, attache-leur les pieds et les mains, jette-les dans l'intérieur de la voiture et tourne la bride des chevaux vers le camp. C'est le conseil de guerre qui décidera de leur sort. »

Baber obéit sans qu'aucun des deux misérables osât lui résister. La vue de Corcoran et de Louison leur glaçait le sang dans les veines.

« Et maintenant, en avant, et au galop ! s'écria le maharaja. Il faut que nous soyons au camp avant une heure, qu'à midi nous commencions la bataille avec les Anglais et qu'à six heures du soir nous ayons vengé Garamagrif et Scindiah. N'est-ce pas, Louison ? »

XXVIII

Dernière et épouvantable bataille

Je ne crois pas nécessaire de dire avec quelle joie le camp mahratte tout entier accueillit le maharaja. Si les officiers tremblaient à la pensée des périls auxquels son courage pouvait les exposer, les soldats vénéraient franchement en lui la dixième incarnation de Vichnou et se croyaient invincibles pourvu qu'il fût à leur tête.

Corcoran fit faire le cercle, et dit :

« Soldats,

« Des traîtres et des lâches ont répandu le bruit de ma mort. Je suis vivant, avec la protection divine de Vichnou, pour vaincre et punir.

« Vous ne demandiez qu'à combattre. On vous a donné l'exemple de la fuite. Désormais, vous n'aurez d'autre chef que moi. Nous allons recommencer la bataille.

« Je jure, par le resplendissant Indra, que le premier qui prendra la fuite sera fusillé.

« Je jure aussi que tout officier ou soldat qui aura pris de sa main un drapeau ou un canon sera fait zémindar dès ce soir et recevra cent mille roupies.

« Pour moi, couvert de la protection toute-puissante de Siva, j'entrerai parmi les barbares comme la faux dans les rizières, et je répandrai sur eux la terreur et la mort. »

On cria de toutes parts :

« Vive le maharaja ! »

Et l'on se crut sûr de vaincre. Vers huit heures du matin, on aperçut l'avant-garde de l'armée anglaise qui avançait en bon ordre. Corcoran parcourut au galop les rangs des Mahrattes.

« Que chacun de vous fasse son devoir, dit-il, et je réponds de tout. »

Les Anglais s'avançaient en bon ordre, mais sur un terrain désavantageux. A droite et à gauche de la grande route s'étendaient de vastes marais. Corcoran, qui avait d'avance étudié le champ de bataille, profita de cette disposition du terrain.

Son artillerie enfilait la chaussée. Derrière l'artillerie, on apercevait une nombreuse infanterie destinée à la soutenir.

Pour lui, à la tête de six régiments de cavalerie et de huit régiments d'infanterie — car il n'avait laissé derrière ses canons qu'une faible partie de son corps d'armée, afin de faire prendre le change à l'ennemi sur ses desseins —, il fit secrètement le tour des marais, s'engagea dans les jungles et tomba tout à coup sur les derrières des Anglais.

On ne croira pas sans doute qu'il soit nécessaire de donner une description de la bataille. Corcoran, qui aurait pu être à volonté Alexandre, Hannibal ou César, mais qui préférait être Corcoran, remporta une victoire complète. Pendant que son artillerie barrait la route aux Anglais et, à chaque décharge, emportait des files entières, il entrait avec sa cavalerie parmi eux comme le couteau dans le beurre, et les Mahrattes, excités par son exemple, firent des merveilles.

Mais rien n'approchait de Louison.

Elle s'avançait lentement à la droite de Corcoran comme un bon colonel qui va passer en revue son régiment ; mais aussitôt qu'elle aperçut les habits rouges, elle bondit de fureur et, sans que personne pût la retenir, elle s'élança sur eux.

En un clin d'œil, elle eut étranglé quatre ou cinq officiers de marque. En vain Corcoran voulait la rappeler. Elle n'écoutait plus rien.

Cependant, les Anglais, mis d'abord en désordre par cette attaque imprévue, reprenaient lentement leur sang-froid.

Barclay, sans s'étonner, reçut intrépidement la charge impétueuse de Corcoran et, reconnaissant le maharaja dans la mêlée, donna ordre à cinquante cavaliers bien montés de s'attacher à ses pas et de faire tous leurs efforts pour le tuer. Lui-même se mit à leur tête, jugeant avec raison que la mort du maharaja terminerait promptement la guerre.

Il s'en fallut de peu que le calcul de Barclay ne réussît ; mais il avait compté sans Louison.

La tigresse s'aperçut bientôt qu'on cherchait à envelopper Corcoran. A cette vue, elle fit un bond formidable qui la porta au milieu d'un gros de cavaliers, parmi lesquels le Malouin entouré s'ouvrait à grand-peine un passage à coups de pointe.

« Un million de roupies à celui qui tuera le maharaja ! » cria Barclay.

Au même instant, Louison lui sauta à la gorge.

Barclay, blessé à mort, s'affaissa sur sa selle. Les Mahrattes, rassurés, s'élancèrent de nouveau en avant et dégagèrent le maharaja. L'armée anglaise commença à plier.

Une heure plus tard, la bataille était terminée, et les Anglais, reconduits à coups de sabre sur la route de Bombay, ne pensaient plus qu'à rendre leur retraite moins désastreuse.

Lord Henry Braddock, qui était venu à Bombay pour décider lui-même du sort du royaume d'Holkar, et qui avait appris le premier succès de Barclay, jugea qu'il était prudent d'arrêter le vainqueur et fit proposer une entrevue au maharaja.

« Qu'il vienne dans mon camp ! » répliqua le Malouin.

Mais il ne se montra pas exigeant sur les conditions de la paix et, connaissant trop la lâcheté naturelle des pauvres Hindous pour avoir confiance dans l'avenir, il consentit à recevoir le titre d'allié de Sa Majesté Victoria, reine d'Angleterre, impératrice de l'Hindoustan, et se contenta d'une indemnité de vingt-cinq millions de roupies pour les frais de la guerre.

Après quoi, les deux armées étant revenues dans leurs quartiers, il fit son entrée dans Bhagavapour.

XXIX

Conclusion

Je passe sous silence les fêtes et les réjouissances qui suivirent. Corcoran, qui ne se faisait illusion sur rien, était dégoûté du pouvoir. Il n'avait vu autour de lui que trahison et lâcheté. Il résolut d'abdiquer.

« Seigneur maharaja, lui dit le fidèle Sougriva, ne nous abandonnez pas aux Anglais. On ne régénère pas un peuple en trois ou quatre ans.

— Mon ami, dit Corcoran, je suis venu aux Indes pour chercher le Gouroukaramtâ, et je l'ai trouvé. Je ne cherchais pas une bonne femme et une grande fortune, je les ai trouvées aussi. Je vous ai montré comment il fallait faire pour être libre. Profitez de la leçon si vous pouvez, et faites-vous tuer plutôt que de vous laisser donner des coups de bâton. Pour moi, j'ai rempli ma tâche et je peux désormais disposer de moi-même. J'en profite pour abdiquer et rejoindre mon ami Quaterquem. Mais auparavant, je veux faire un legs aux Mahrattes. Avertis mon corps législatif que j'aurai demain une communication importante à lui faire. »

Le lendemain, il entra dans la salle des séances, et prononça le discours suivant :

> Représentants du peuple mahratte,
>
> Je vous remercie de la fidélité que vous m'avez toujours montrée. Nous avons combattu et vaincu ensemble l'ennemi de la patrie.

Il ne vous reste plus qu'à terminer l'œuvre commencée, l'œuvre de votre délivrance. Vous avez conquis la liberté, apprenez à la défendre.

J'abdique en vos mains et, dès aujourd'hui, je proclame la République fédérale des États-Unis mahrattes.

Je remets, pour trois mois, la présidence de la République nouvelle à mon fidèle et intrépide Sougriva. Passé ce temps, vous chercherez vous-mêmes un chef. Puissiez-vous trouver le plus digne !

Je pars ; mais si jamais l'indépendance de la République mahratte est menacée, avertissez-moi. Je reprendrai mes armes et je viendrai combattre dans vos rangs.

Adieu !

A ces mots, l'enthousiasme éclata de toutes parts. On voulut retenir le maharaja ; mais sa résolution était prise. Il partit le soir même avec son ami Quaterquem, qui était venu le chercher avec la *Frégate*.

Louison et Moustache l'accompagnèrent dans son île, qui n'était qu'à trois lieues de l'île Quaterquem.

C'est là que Corcoran vit heureux depuis quatre ans. Un fil télégraphique joint son île à celle de son ami et ils peuvent causer tous deux au coin du feu sans se déranger. Alice et Sita se visitent souvent, et les deux familles sont aujourd'hui très nombreuses, car Corcoran n'a pas moins de trois garçons outre le jeune Rama, et trois filles jouent déjà sur les genoux d'Alice. Ils doivent tous venir à l'Exposition de 1867, vers le 15 ou le 20 juillet.

P. - S. : On prétend (mais je n'ose affirmer ou contredire ce bruit) que Corcoran n'a pas perdu de vue son ancien projet de délivrer l'Hindoustan de la domination anglaise. On m'a même communiqué tout récemment de nombreux détails sur les intelligences qu'il entretient avec les brahmines des diverses parties de la péninsule, depuis l'Himalaya jusqu'au cap Comorin ; mais je me garderai bien de commettre une indiscrétion. Au reste, qui vivra verra.

Table des matières

Dans la même collection

Des grands classiques à découvrir ou à redécouvrir

L'homme à l'oreille cassée
par Edmond About

Les quatre filles du docteur March
Les filles du docteur March se marient
Le rêve de Jo March
par Louisa May Alcott

Le petit lord Fauntleroy
Le jardin secret
par Frances H. Burnett

Les cinq sous de Lavarède (2 tomes)
par Paul d'Ivoi

Le bossu (2 tomes)
par Paul Féval

Le petit chef de famille
par Zénaïde Fleuriot

Le roman de la momie
par Théophile Gautier

Sans famille (2 tomes)
Aventures et mésaventures de Romain Calbris
par Hector Malot

La petite Fadette
par George Sand

Heidi
Heidi grandit
par Johanna Spyri

Les patins d'argent
par P.-J. Stahl

Cinq semaines en ballon
Un billet de loterie
par Jules Verne

Le Robinson suisse
par Rodolphe Wyss

Imprimé en Belgique par Casterman s. a., Tournai.
Dépôt légal : septembre 1994 ; D. 1994/0053/298
Déposé au Ministère de la Justice, Paris.
(Loi n° 49.956 du 16 juillet 1949 sur les publications destinées à la jeunesse.)